メディアワークス文庫

MILGRAM
実験監獄と看守の少女

波摘

中拓也

プロローグ

鼻の奥をツンと刺す臭いが、部屋の中に充満していた。

その部屋は円形でそれなりの広さがあった。しかし開放的な雰囲気ではなく、むしろ息苦しくなるような閉塞感が空間を支配していた。

その理由はいくつか考えられる。

まず部屋の外周に沿って配置された五つの独房の存在が真っ先に挙げられるだろう。錆《さ》びついた鉄格子によって区切られた独房の中には、硬そうなマットレスが敷かれた質素なベッドだけが備えつけられている。

ひどく現実離れした光景だ。

独房は部屋の外周に一定間隔で配置されている。

これは一人しかいない「看守」が、複数の「囚人」たちをまとめて監視できるようにするためだ。部屋の中央に立ち、その場でぐるりと一回転するだけで看守は囚人たちの様子を瞬時に確認することができる。

この監視構造は十八世紀にイギリスの学者ジェレミー・ベンサムによって提唱され、のちに実現したパノプティコンと呼ばれるシステムだった。

実際はもっと大規模な監獄を効率的に監視するためのものだが、小規模なこの場所でも似た効果を得ることができる。

そう。

この場所は監獄だった。

しかし正式な監獄じゃない。どこにあるのかもわからない。収監された囚人たちは刑法によって裁かれた存在ではない。

看守——私だって、望んでこんな立場になったわけじゃない。

部屋に閉塞感が満ちている理由は他にもある。

天井は常識では考えられないほど高く、自分の目でその存在を確認することはできなかった。頭上には重たい闇がどこまでも広がっていて、見上げていると、押し潰されそうな気持ちになる。

監獄内は全体的に薄暗いところが多かった。暖かな照明がほとんどないせいで、部屋の中は全体的にじめじめと陰気な色合いに包まれていた。

息苦しさに繋《つな》がる最後の理由。これも清々《すがすが》しいほどに明快だ。

この場にいる人間全員の精神がすり減っていた。

恐怖に、威圧感に、絶望に。

多種多様な負の感情であふれかえっていた。

だがそれは、この場にいる人間たちがまだ正常な感覚を持っていることの証左だ。ここで笑顔でも浮かべようものなら、おかしくなったと認識されても仕方ないだろう。

部屋の中央には白い大きな円卓と六つの椅子が置かれており、私や囚人たちは着席している。

異臭はさっきまでその椅子の一つがあった場所から発生していた。

「なに、これ」

囚人の誰かが呆然《ぼうぜん》とつぶやいたその声はいやに響いた。

他の囚人たちの反応も差異こそあれ、ほとんど似たようなものだった。

まだ誰も、目の前で起こったことが現実だと認識できていない。私も含めて。

巨大な白い十字架が落ちてきた。

頭上に広がる闇の中から。

十字架は縦三メートル、横幅一メートルほどの大きさ。石材で作られていてかなりの重量があるだろうと推測できた。それでいて十字架の先端は錐《きり》のように鋭く研磨されていた。

そんな代物が唐突に落ちてきたのだ。そして真下にあった椅子を一息に粉砕した。

――そこに座っていた囚人の身体《からだ》を貫く形で。

囚人の背中側から胸部にかけて、まるで紙に針で穴を開けるような容易《たやす》さで十字架が貫通した。真っ赤な血飛沫《ちしぶき》が近くに座っていた囚人の顔や服にかかり、人間の体内からあふれ出す臭いが部屋中に広がった。それが今、目の前で起きた一部始終だった。

これは粛清だと聞かされた。

決断を求められた私が出した答え。それに基づいて行われた粛清。

その結果がこれだ。判断が間違っていたとは思わない。でもこんなことになるなんて、知らされていなかった。

この監獄は普通ではない。監獄に似た形をした別の醜い何かだ。だがその全貌は看守に任命された私にも、未《いま》だわからない。

ミルグラム。それがこの監獄の名称だった。

ここで行われていることは遊びじゃない。実際、私の選択によって囚人が裁かれ、粛清され、結果として命を奪われた。

この瞬間を以《もっ》て、本当の意味でミルグラムが稼働し始めたことを知る。

強権を与えられた看守と裁きを受ける囚人。全員が自己の立場を嫌でも自覚し、監獄内の関係性が音もなく再編されていく気配を感じた。

思い出すのはつい数時間前のこと。

まだ看守ではなかった私が、この場所にやってきた時のこと。
この絶望が、緩やかに始まった時のことだった。

1

妙に肌寒い空気が頬を撫《な》でた。

私は閉じていた瞼《まぶた》をゆっくりと持ち上げる。どうやら眠っていたみたいだ。

冷たい白色系の照明光が見覚えのない室内を照らしていた。

私は大きくて柔らかなベッドで仰向けに寝ていた。なぜこんなところで寝ているのかわからない。

「どこだろう、ここ」

自分の部屋ではない。無駄に広いその部屋は十畳くらいありそうだ。

置いてある物は極端に少ない。私が寝ているベッドの他には簡素なスチールデスクが一つあるだけだった。部屋の広さを持て余している。打ちっぱなしのコンクリートの壁が四方を囲んでいて、しんと静まり返っていた。

目を覚ましてこんな状況に置かれていたら、普通は慌てふためくだろうけれど、私はベッドに横になったまま、ぼんやりと辺りを見回していた。

それはなぜか。

——私はこの場所に来るまでのことを何も思い出せなかったのだ。

自分の名前さえ言うことができない。全てが曖昧で、まるで現実感がない。

だから知らない場所で目覚めても動揺することはなく、記憶を失っていることも含めて、どちらかというと困惑の方が大きい。

ゆっくりと上半身を起こすと、どこからか声が聞こえた。

「やっと目を覚ましたわね」

張りのある凛《りん》とした女性の声。

周囲に人影はない。だけど聞こえた声は質感からしてスピーカーなどを通したものではなく明らかに肉声だった。怪訝《けげん》に思ってほんの少し目を細める。

すると、ちょうど手で抱きかかえられそうなサイズの何かが、ぼすんという音と共にベッドへと飛び乗ってきた。

「アタシはここよ」

先ほどの女性の声。どうやら目の前にやってきたものが喋《しゃべ》っているらしいが、私にはなかなか信じられなかった。

それは全身が柔らかそうな白い毛に包まれていた。

大きく長い耳が二つ、存在を主張するように頭部から突き立っている。

耳から少し下には真ん丸な瞳が二つ。可愛《かわい》らしい鼻、口。それらは一見するとよく知っている動物のように見えた。

「……ウサギ？」

そう口にしながらも、自分の言葉が的外れなものであることは理解していた。

なぜなら目の前の生物は、見知ったウサギの外見的特徴に加えて、頭部から牡鹿《おじか》のような立派な角を二本生やしていたからだ。

……それに普通のウサギはそもそも喋らない。

「ウサギじゃなくて、ジャッカロープよ。そこだけは間違えないでほしいわね」

よくウサギと間違えられるのか、ジャッカロープは少々むっとした声色で訂正する。

ジャッカロープ、という名前はどこかで耳にしたことがある。確か空想上の生き物。

詳細はパッと思い出せないが、少なくとも実在する生物じゃない……はずだ。

「気軽にジャッカと呼んでくれていいわ」

彼女は後ろ足を使って耳の裏をかきながらそう言った。その仕草はとても可愛らしいが、それによってさらにウサギっぽさが出ていることを、本人に指摘した方がいいのかは悩みどころだ。

「私、夢でも見てるのかな？」

「いいえ、この空間は夢ではなく本当に存在しているわ。人間の言葉を話すアタシみたいな存在がいるのは、まあ、誤差みたいなもの。気にするほどのことじゃない」

「動物が流暢《りゅうちょう》に話していることを気にしなくていいのなら、この世のほとんどのことは気にしなくてよくなりそうだけどね」

「——さあ、いつまでもベッドで寝ていないで、そろそろ起きてもらえるかしら？」

ジャッカは話題を強引に変えるとベッドからぴょんと飛び降りた。

疑問に思うことはたくさんある。というよりも疑問しかない。だけど今の私には、ジャッカに従う以外の選択肢はなかった。

自分がどんな人間かも思い出せず、見知らぬ場所にいる。主導権は完全にジャッカが握っている。そんな現状で抵抗しても、何かが変わるとは思えない。

私は言われるがまま、ベッドから出て立ち上がった。

「あら、ずいぶん素直ね」

従順な私の態度にジャッカは物珍しいものを見るような視線を向けてきた。

「断っても仕方ないでしょ？　私はここに来るまでのことを何も覚えていない。ジャッカが敵か味方かもわからない。自分が置かれている状況をきちんと把握できるまでは、ジャッカの言う通りに動くべきだと思っただけ」

「ふぅん。ずいぶん冷静ね。あなたはこれから与える役職に最適な人材かもしれない」

「……役職？」

「あなたにはこれから五人の人間に会ってもらう。あなたと同じで全員、記憶に鍵をかけられているわ」

「記憶に鍵、か」

ジャッカの表現はしっくりときた。

何かを思い出そうとすると、頭の中にもやがかかったようになって、該当する記憶に辿《たど》り着《つ》くことができない。記憶を失っているのではなく、何らかの方法で鍵がかけられている。そう考えると腑《ふ》に落ちる。

冷たそうなタイルの床を颯爽《さっそう》と歩いていったジャッカは、部屋の入り口扉の前で私の方を振り向いた。

「今は何も思い出せないと思う。でも時がくれば、あなたの記憶にかけられた鍵は無事に解錠されるはず。そして、その前にある務めを果たしてもらいたいの」

「これから五人の人間に会って、その上で何かをしろってこと？」

「察しが良くて助かるわ。そう、今から会うのはあなたにとって重要な意味を持つ人間たち。ただ気をつけてね。彼ら彼女らは普通の人間じゃないから」

「どういう意味？」

何も知らずに質問する私に対して、ジャッカはくすっと笑ってから言った。

「これからあなたが会う人間たちは、全員——ヒトゴロシよ」

ジャッカに先導されて部屋から出ると、そこは長い廊下になっていた。足音が嫌に反響する。

私は黙ったまま自分の服装にちらりと目をやった。ベッドから起き上がった時点で、自分が着ているのが普通の服でないことには気づいていた。

黒い襟つきのシャツに動きやすいパンツ。それにマントを羽織っていた。加えて部屋を出る時に、ジャッカに鍔《つば》のついた黒帽子を被《かぶ》るように言われた。服の至るところに金色の刺繍《ししゅう》が施され、それらは権威的で何かの制服のようだった。

「ここでのあなたの役割は――看守。看守『エス』と名乗りなさい」

ジャッカの声が廊下に響く。

「看守エス？　それは私の本名とは違う、よね？」

「ここでは全員名前を伏せるのがルールなの。あなたにはこれからエスとして行動してもらう。本来の自分とは切り分けて考えるといいわ」

私はこくりと頷《うなず》く。どのみち本名を思い出すことはできないのだ。別名を使用することに抵抗感はない。

それにしても、『看守』とはなかなか馴染《なじ》みのない単語だ。自分が看守という役目をこなすのだと知って服装を見返せば、権威的かつ高圧的な印象を与えるデザインは看守という役職のイメージに見事に適合していた。

「あなたを待っている五人のヒトゴロシ――『囚人』たちはこの先にあるホール、通称

『パノプティコン』にいるわ。囚人たちとどう接するかは任せる。威圧的に振る舞うもよし、友好的に振る舞うもよし」

次々に物騒な単語が並べられ、私は思わず顔をしかめる。

「看守に囚人、それにパノプティコン。ジャッカ、あなたの目的は何？　こんな薄気味悪い施設に複数人を閉じ込めて、ゲームでもしようっていうの？」

「ゲームねえ。正確には実験に近い性質のものだけれども……まあ、否定はしない。あなたの思うまま捉えてもらって構わないわ、エス」

ゲームだろうと実験だろうと大して変わりはなかった。

重要なのはそんなよくわからないことのためにこの場所に閉じ込められ、記憶に鍵までかけられているという事実だ。

「さあ、パノプティコンに到着よ」

長い廊下を進んだ先には閉ざされた大きな鉄の扉があった。先行していたジャッカが扉の前で立ち止まる。同時、彼女の存在を認識して重たそうな扉が自動で左右へとゆっくり開いていく。

扉の向こうに広がっていたのは円形の広い空間。

中央には大きな白い円卓があって、外周には鉄格子によって区切られた狭い牢屋《ろうや》がぐるりと部屋を囲うように配置されていた。まるで監獄だ、と私は心の中で思うが、さっきジャッカが口にした看守と囚人という立場のことを思い出す。

そして合点《がてん》がいった。

この場所はまさしく『監獄』なのだ。

天井は視認できないほどに高く、目を凝らしても薄闇だけが広がっていた。どうやらパノプティコンは縦に大きく伸びる巨大な円筒状の建物になっているようだ。

円卓を囲むように用意された白椅子にはすでに男女五名の囚人が座っていた。全員が白い囚人服を身に纏《まと》っており、無言で私に視線を向けている。

ジャッカは円卓へと近づいていきながら、今までよりも冷たく高圧的な声色で囚人たちに呼びかける。

「看守エスが目覚めた。現時点を以て、囚人たちの罪を裁く新時代の『裁判』を開始するわ」

私はごくりと唾を飲み込んでから、囚人たちの待つ円卓へと歩いていった。

囚人たちは左手首に鉄の腕輪を装着していた。

腕輪からは五十センチほどの鎖が伸びており、その鎖は黒い背表紙の分厚い本と繋がっている。囚人たちは全員がその黒い本を所持していた。本には頑丈な拘束具がつけられており、任意に開くことはできないようだ。

白い円卓につく囚人と鎖で繋がれた黒い本。その組み合わせは現実離れした奇妙な雰囲気を醸し出している。

「なあ、俺たちのことを囚人って呼ぶけどさ。何も思い出せないこの状況で、罪だなんだって言われても、全然しっくりこないんだけど？」

口を開いたのは高校生くらいの少年だった。

その口調には重く威圧感のあるパノプティコンの空気にふさわしくない軽さがある。彼は緊張を解くように息を吐き出すと、椅子の背もたれに寄りかかった。

「でもよかったよ。看守なんていうからどんなヤバい奴《やつ》が来るのかってちょっとビビってたんだ。でも、俺らと同い年くらいじゃん。無害そうだし」

その言葉を皮切りに、囚人たちの間に流れていた張り詰めた空気が弛緩《しかん》していく。どうやら囚人たちは看守がどんな人物か知らされていなかったようで、かなり警戒していたようだ。部屋に入った時、全員が無言でこちらを見つめていたのは、敵意からではなく、強い警戒心によるものだったらしい。

少年はすっかりリラックスした態度になり、馴れ馴れしく声をかけてきた。

「ここでの俺の呼び名は『ツーサイド』。よろしくな、エス」

ツーサイドは白い歯を見せて笑う。得体の知れない監獄内だというのに軽い態度を崩さない彼だったが、軽薄そうなタイプかというとそれもまた違うように思えた。

軽薄というよりはフレンドリーと表現した方が近いだろうか。相手に安心感を与えるために、あえて隙を見せている感じがする。

また彼が全身の細かい容姿にまで気を遣っていることは一目でわかった。ひげの剃《そ》り残《のこ》しのような初歩的なミスはもちろんなく、爪の先まで磨かれて光っていた。同い年くらいの男子であることを考えると高いレベルで身だしなみが整えられている。

端整な目鼻立ちと合わさって、彼が学生であるなら学校中の女子からモテても不思議ではないと思った。

「あなたたちも記憶がないんだよね？」

私は一応確認するように聞く。

「あなたたちも、ってことは看守さんもなんですか？」

横から会話に参加してきたのは、背の低い可愛らしい少女。藍色のフレームの眼鏡をかけていて、清潔感のある印象。彼女の腰の下まで伸びている、つやのある黒髪は見た限り枝毛の一つもなく、思わず触りたくなってしまう。

「うん。私も、ここに来るまでのことは思い出せない」

「だったら、わたしたちと同じですね。みんな何も思い出せなくて、そこのウサギさんにいきなり囚人なんて呼ばれて困ってるんです」

背の低い眼鏡少女は悩ましげな表情で小さく苦笑した。その仕草は愛らしい。

私は『ヒトゴロシ』という単語と、目の前の小柄な彼女を結びつけることがどうしてもできなかった。彼女たちは囚人と呼ばれているが、本当に殺人を犯しているのだろうか。

そもそも本当にヒトゴロシ――殺人犯なら、こんな怪しい場所に連れてこられる前に警察によって逮捕されるのが普通だ。

「『ナーバス』。お喋りはその辺りにしておきなさい。それとアタシはウサギじゃない」

円卓の上のジャッカが背の低い少女に鋭く釘《くぎ》を刺す。ナーバスと呼ばれた彼女は慌てた様子で口に手を当てた。

「エス、着席を。今からこの監獄についての簡単な説明を始めるわ」

ジャッカに促され、私は白い円卓に視線を移す。そこには一つだけ空席があった。

囚人たちが座っているただの白椅子とは違って、制服にあるものと同じ金色の装飾が施されている。

あそこが私の席らしい。あからさまに豪華な装飾がされているのは、囚人との差別化をはかるためだろう。おとなしく席に着くと、ジャッカは私の目の前まで円卓の上を移動してきて囚人たちを見渡す。

そして話し始めた。

「看守も揃《そろ》ったことだし、改めて。――ようこそ、囚人諸君。監獄ミルグラムへ。ここは従来の司法システムの枠組みにとらわれず、罪とは何かを新しく定義し直す場所よ」

ミルグラム。それがこの奇妙な監獄の名前のようだ。

しかし全般的にどうにも胡散臭《うさんくさ》い。体裁の良《よ》い言葉を使っているが、法治国家においてその枠組みを外れて罪を再定義するということは、すなわち私刑そのものじゃないだろうか。

「ここにいる囚人諸君は知っての通り、全員がヒトゴロシ。しかしこの場所ではまだ、その行為が『有罪』になるとは限らない」

ジャッカの理解しがたい説明に、囚人たちは様々な反応を見せた。

純粋に理解が及ばず、首を傾《かし》げている者。厳しい視線を向けている者。ジャッカの次の発言をほとんど無感情で待っている者。

私はジャッカの後頭部のふさふさの毛並みを見つめていた。

「囚人諸君の罪を『赦《ゆる》す』か、『赦さない』か。全ての判断は看守エスに委ねられる。彼女のたった一人の判断によってその囚人が有罪であるか、無罪であるかが確定するわ」

はぁ、と深いため息が聞こえた。見ると囚人の中で唯一、二十歳《はたち》を越えているだろうと思われる青年がジャッカのことを胡乱《うろん》げな視線で睨《にら》みつけていた。

「そんなシステム、いったい誰が考えたんだい？　個人の主観によって人間を裁くことがまともであるとは思えない」

「そう敵意を剥《む》き出《だ》しにするのはやめなさい、『ジェントル』。アタシは必要のないことには答えないわ」

ジャッカはジェントルという青年の指摘に正面から取り合う気はないようで、軽くあしらった。そしてそっと目を細める。

「ここ、ミルグラムは従来の司法システムでは正確に裁くことのできない罪を扱っている。誰が見ても有罪、誰が見ても無罪。そんなつまらない罪はこの場所にはない」

「なら、僕たちの罪は善悪が曖昧なものである、ということでいいのかな？」

ジェントルは続けて問いを投げかける。その質問はジャッカにとって都合が良かったようだ。さっきのように適当にあしらうことなく、彼女は頷いた。

「そう。あなたたち囚人の罪はそれを見聞きする人間によって『赦す』『赦さない』の判断が異なる可能性があるの。囚人が犯行に至った経緯を全て知っている人間、事件の概要だけを知っている人間、あくまで従来の司法の型に当てはめて善悪を判断しようとする人間。各個人によって結論は変化するはず」

「僕はその結論のばらつきをなくすために、現在の司法システムが存在すると思っているけれど」

「本当は十人十色の答えが存在するのに、画一的な司法システムに押し込めて人を裁く。これが本当に健全だと言えるのかしら？　たとえば、殺人犯が心神喪失で無罪になったとして、被害者の遺族は殺人犯を無罪だと認められると思う？　アタシなら到底認めることはできないし、全員が納得できない以上、そのシステムには欠陥があると言える。だからこそ、新たな司法システムを構築するための足がかりとして、ミルグラムは存在しているのよ」

パノプティコンの中がしんと静まり返った。ジェントルも口を噤《つぐ》む。

――ジャッカの言うことも、ほんの少しくらいなら理解できる。

私はそう思ってしまった。

たぶん、他の囚人たちも。

完全におかしくなってしまった殺人犯がいるとする。裁判官は司法に従って責任能力がないと判断し、無罪という判決を出す。しかし遺族の感情からすれば、どんな理由があろうとも有罪以外の判決はありえないだろう。

立場や判断基準が変われば『赦す』か『赦さない』か、その結論は変化する。

なるほど、その通りかもしれない。

ジャッカは小さな身体でこちらを振り返ると、私のことを可愛らしい仕草で見上げる。

だが彼女の発言内容は全くその見た目にはそぐわないものばかりだ。

「看守エスがどのような判断基準に基づいて囚人たちに裁定を下すかは自由よ。法律、感性、常識、倫理、道徳、本能。いずれを基準にしても構わない。それも含めて観察するのがアタシの仕事なの」

「……ずいぶん嫌な立場だね、私」

私は軽くため息をつく。彼女はそんな私のことなど意に介さず、ただ真ん丸な短い尻尾を振った。

「囚人たちの罪と記憶はそれぞれに与えられた『罪の本』に刻まれているわ。裁定を下す時が訪れれば、罪の本は自動的に開く。それまでの間は……そうね」

重い空気が場を満たす。私や囚人たちが注目する中、ジャッカは真顔で思いがけないことを言った。

「――各自、自由時間にしましょう」

2

私はジャッカの意図をはかりかねていた。

ミルグラムは本物の監獄じゃない。

こんな監獄が正式な施設として存在するはずがない。

それは十分に理解しているつもりだが、それでも監獄内での「自由時間」はあまりに開放的だった。

まず原則、囚人たちには行動制限がない。ジャッカが囚人たちに与えたルールは、ジャッカと看守、つまり私の命令には必ず従うこと。それだけだった。

そのルールを守っていれば、囚人たちは彼らにあてがわれた牢屋に留《とど》まる義務もないという。囚人たちは最初困惑した様子だったが、やがて散り散りになってパノプティコンを去っていった。ミルグラム内にはパノプティコンの他にもいくつかの部屋があるようで、自由に移動できる範囲はそれなりに広い。

そして、私とジャッカだけが残された。

「さてそれじゃ本題に入りましょうか。エス」

ジャッカはおもむろにそう切り出した。彼女が目的もなく、囚人たちに自由時間を与えるメリットなどない。何か裏があるということは簡単に予想できた。

だからこそ、囚人たちが次々と席を立つ中で私はずっと微動だにせず、ジャッカと向き合ったままだったのだ。

「それでどうして自由時間なんて設けたの？」

私は単刀直入に聞く。

「エス。あなたには看守として初めての仕事をしてもらうわ」

ジャッカはそう答えた。

「具体的には？」

「『囚人たちのことを知る』。それが、あなたが裁定を下すまでに行うべき仕事。というよりも、対象の囚人のことを知るまで罪の本は開かれない」

罪の本が開かれない。

それはつまり、審判が開始されないということだ。

「すぐに『赦す』『赦さない』を決めた方が効率的じゃないの？」

私の素朴な疑問に対し、ジャッカは首を横に振った。

「この監獄ミルグラムが重視するものの一つに『罪の解像度』という独自概念がある。それに関するデータを集めるためには、看守と囚人の交流が不可欠なの」

「『罪の解像度』……？」

「今、言葉で説明しても、しっかりとした理解は得られないでしょう。必要な時がきたらまた教えてあげるわ」

ジャッカは円卓から飛び降りて軽やかに床へと着地した。

「囚人を知るために積極的に行動を起こす。それが罪の本が開く条件であることを忘れないで。エスがじっとしている限り、みんなここに閉じ込められたままよ？」

そうして彼女もまたどこかへと去っていく。私だけがパノプティコンに残され、静けさが周囲に満ちた。

それからしばらくして、私はパノプティコンの壁面に掲示されていたミルグラムの全体マップを眺めていた。ミルグラムにはパノプティコンの他にも施設が存在する。食堂やランドリールームなど生活に関係するものが主だった。

重要なのはミルグラムの設備だけである程度、生活できてしまう構造になっている点だ。私が看守としての仕事をきちんとこなさなければ、延々とこの場に軟禁されるというのは嘘《うそ》じゃなさそうだ。であれば、今すぐに動き出すべきだろう。この裁判ごっこさえ終われば、ここから出ることができるのだから。

被っていた黒い制服帽の鍔の位置を直し、看守としての役割を全うするため、パノプティコンから出ようとした時だった。

ドアが開き、囚人の一人が戻ってくる。

「エス、この場所に慣れることはできそう？」

話しかけてきたのは『クロース』という名の少女だった。

首から下げている金色の星形ペンダントが最初に私の目を引いた。とても可愛くて、じっと見ていたくなるデザインだ。

クロースはショートカットで、髪色はほんのり茶色がかっていた。両目は大きく綺麗《きれい》な形をしていて、明るい印象の女の子だ。年は私と同じくらいで高校生だろうか。背丈は同年代の女子の平均よりも少し高めといった感じだった。

「ここに慣れたらおしまいな気がするけどね」

私は苦笑して正直な感想を述べた。クロースも同意するように苦笑いを浮かべる。彼女の首元の星形ペンダントが小さく揺れた。

「そのペンダント、可愛いね」

「ああ、これ？」

私が興味を持ったことを嬉《うれ》しく思ったらしく、クロースは少し自慢するようにつまんでみせた。

「誰かにもらったものなのか、自分で買ったものなのかも思い出せないけど、このペンダントを触ってると心がすっと落ち着くの。きっと、あたしの心の支えみたいな物なんだと思う」

「クロースにすごく似合ってる。もし誰かからのプレゼントなら、その人はかなりセンスいいと思うよ」

「同感。ま、でも自分で買ったのかもしれないけどね」

「それならそれでいいんじゃない？　自分のセンスが悪くないってことだし」

看守と囚人。立場は違うけれど、私たちは友達のように話していた。

　しかし、ミルグラムにおいてはそれでいいと思っている。

　看守という役割を与えられたからといって、世間一般のイメージのように、囚人を徹底管理し、高圧的に接する必要はない。できるだけ仲良くやっていきたい。

　雑談ついでに、私は目覚めてからずっと気になっていたことをクロースに聞いておくことにした。

「ねえ。囚人たちはここから無理やり逃げ出そうとは考えないの？」

　こんな場所に閉じ込められたら、真っ先に脱走を考えるはずだ。人数的にも囚人側が圧倒的に有利。それなのに先ほどの囚人たちからは、そのような気配を全く感じなかった。

「あーそれね。……実は、エスが目覚める前に囚人全員で手分けして、この監獄の出口を隅々まで探したんだよ。それもジャッカの提案でね」

　クロースの答えはひどく歯切れが悪かった。

「ジャッカの提案で出口を探した？　なんでそんなことを？」

「あたしたちも不審に思った。でもジャッカが出口を探していいって言ってるんだから、探すしかないでしょ？」

　私も同じ立場なら必死に出口を探すだろう。しかしあの食えないジャッカのことだ。そんな提案をしたことには何らかの理由があるはずだった。

私の予想を肯定するようにクロースは渋い顔をした。

「結果的にジャッカは、囚人たちの手で出口を探させることによって、逆にここから逃げ出す意欲を奪ったのよ」

「どういう意味？」

私が首を傾げると、クロースはあまり認めたくないといった様子で少し声のトーンを落とし、つぶやいた。

「そもそも、この監獄には——出口がなかったの」

「出口がなかった？」

「全ての部屋、全てのドアを確認した。だけど外に繋がる場所は小さな窓の一つもなかったし、入れない部屋も存在しなかった」

囚人には行くことができない場所があって、その先に出口があるというのならわかる。だがそもそも出口が存在しないというのは奇妙な話だった。

ミルグラムの全体マップにも出口の記載はなかったが、あくまで省略されているだけだと思っていた。

「もちろん、あたしたちがここにいる以上、出入り口はどこかにあるはず。でも巧妙に隠されているんだと思う。囚人には出口を見つけることさえできないということを確認させるために、ジャッカはわざと出口を探していいと言ったんだよ」

出口が明確に存在すれば、囚人たちは脱獄を考える。

しかし、前提として出口がなければ、脱獄する意志そのものを奪うことができる。

ジャッカが好きそうな嫌らしい方法だ。そしてその効果は絶大だった。

「あたしたち囚人はもう諦めた。ジャッカに従ってこの裁判ごっこに付き合おうってことになったの。別に死ぬわけじゃないし。他に方法もないし」

クロースはパノプティコン外周に配置された牢屋に視線を送る。

「ねえ。あたしが寝泊まりする場所って、やっぱりあそこだと思う？」

ミルグラムの全体マップに囚人用の寝室の記載はなかった。

「……たぶん、そうだろうね」

「だよね。あのウサギ、プライバシーって言葉を知らないみたい」

「ジャッカのことをウサギって呼ぶと、あとで怒られるよ」

「わざと呼んだの。皮肉よ、皮肉」

「じゃ、あとでジャッカに伝えておくね」

「あ、やめてよ！」

クロースとの会話は、年相応のやり取りという感じがして楽しい。記憶がないせいでこれまで自分というものが曖昧だったが、少しずつその輪郭が見えてきた。

私も監獄の外では普通の女子学生だったのかもしれない。

そこで私はふと疑問に思った。

囚人たちから記憶を奪ったのは、自分が何の罪を犯したのか自覚させないようにし、看守の裁定に影響を与える行動を防ぐためだとして、看守の私からも記憶を奪ったのはなぜか。個人に裁定を任せるというのなら、むしろ過去の経験・思考などを参照させた方がいいような気がする。

答えは考えてもわからないし、ジャッカに聞いても教えてくれないだろう。しかし違和感は心に留めておいて損はない。何かしら役立つ時がくるかもしれないから。

「それじゃ、そろそろ私は行くよ。クロース」

「どこに？」

「他の囚人のところ。私は看守として、囚人全員のことをもっとよく知る必要があるんだって」

クロースと会話をしたことで、多少は彼女の人となりを知ることができた。この調子で他の囚人とも会って、交流し、理解を深める。

それを繰り返すうちに罪の本は開かれるだろう。

「ならまたあとで。頑張ってね、エス」

軽く手を振って見送ってくれるクロースと別れて、私はパノプティコンを後にした。

まずは監獄に散らばった囚人たちを探さなければならない。

パノプティコンには二つの大きな通路が接続されている。一つは私が目覚めた部屋、看守部屋へと繋がる通路。そしてもう一つが生活施設へと繋がる通路だ。

生活施設が点在する通路を歩いていると、近くの部屋の中から話し声が聞こえてきた。私はその部屋のドアの前に立つ。

ドアの横には食堂というプレートが掲げられていた。

私がドアを開いて中に入ると、二つの視線がこちらに向けられる。

「あ、看守さん！」

声をかけてきたのは小柄な眼鏡の少女ナーバスだった。もう一人の囚人はさっきジャッカに対し、強く追及をしていたジェントルだ。しかし先ほどとは打って変わり、優しげな笑みを浮かべて私のことを見ている。

ジェントルは決して派手な見た目ではないが、だからといって地味な男性というわけでもない。穏やかで落ち着いた大人の魅力を持つ青年だった。身長も高く、百八十センチを超えているだろう。

「エス。君は僕たちと同じで記憶がないと言っていたね」

食堂は調理器具や食材が揃った調理場と、食事をするダイニングスペースが併設された造りになっていた。監獄の中にしては珍しく暖色の蛍光灯が設置されている。

ジェントルは私に問いかけながらも、調理場内を手際よく動き回り、設置された冷蔵庫や棚から大量の食材や調味料を取り出している。

「ええ、記憶はないし、この監獄のこともほとんど知らない。看守といっても、みんなと大した差はないと思うよ」

「なら、君は仲間だ。監獄に閉じ込められた被害者という意味でね。お互い災難だ」

そう言って彼は優しく微笑《ほほえ》む。

「ジェントルって、もっと厳しい人なのかと思ってた」

私が本音を漏らすと、彼はくすりと笑った。

「ああ、さっきジャッカに対して強い口調を使っていたからかな？　怖がらせていたら申し訳ない。僕もああいうのは得意じゃないんだけど、少しくらい強引にいかないと何も聞き出せなさそうだったからね」

どうやら彼はわざとジャッカに強く当たっていたらしい。確かにジャッカと会話をする時に優しく接していたら、どこまでもつけ込まれてしまいそうだ。

「それで、ジェントルとナーバスは料理……を作っているの？」

調理器具や火気の類《たぐい》はジャッカか、私の許可がなければ使用できないはずだ。

「ちょっと前にジャッカロープが僕のところに来たんだ。それで突然、夕食作りを担当しろと言われてね。包丁と火気の使用を限定的に許可された。これは刑務作業の一環で拒否権はないそうだよ」

実際、本物の刑務所に服役する囚人には仕事が与えられる。それを刑務作業と呼ぶのだが、今回の場合はジャッカが面倒ごとを押しつけるためのいい口実として、その用語を使っただけに思えた。

「僕は料理するのが好きだからいいんだけどね。あ、もちろんエスの分も作るよ。看守だからといって、君だけを仲間外れにはしないから安心してくれ」

私には、ジェントルがかなり優しい性格のお兄さんにしか見えなかった。囚人ということは彼もまたヒトゴロシのはずだ。しかしまるでピンとこない。

「わたしもジェントルさんのお手伝いをするように言われたんです。そうだ、看守さんもよかったら一緒に夕食の準備をしませんか？　けっこう楽しいですよ！」

鎖で繋がれた罪の本を抱え、すぐ隣まで寄ってきたナーバスはそう誘ってきた。悪い話じゃない。二人と仲を深めるにはちょうどいい機会だろう。私は頷く。

やった、とナーバスは両手を小さく握って喜んでみせた。

「歓迎するよ、エス。君にはそうだな……つけ合わせの野菜のカットをお願いしてもいいかな？」

ジェントルは少し食材を眺めてから、私にできそうな作業を振ってくれた。

「わかった、やってみる。ところで何の料理を作っているの？」

「メインは笑顔の形のハンバーグにするつもりだよ。少しでもみんなに元気を与えられたらと思って」

「笑顔の形のハンバーグ？」

「ああ。普通のハンバーグの上に小さく切った野菜のパーツを載せて、目鼻口を表現する。そうして笑っている顔に見えるようにするんだ」

彼のその答えに、私は少しだけ違和感を覚えた。ジェントルの大人なイメージからすると、笑顔の形のハンバーグというのは少し子供っぽく感じたのだ。

だけどもちろん、それが悪いわけではないし、みんなを元気づけようとする彼の思いやりはちゃんと伝わってくる。私は覚えた違和感を口にすることはなく、準備に取りかかった。

ナーバスは流し台で一生懸命、米を研いでいた。どうやらライス担当のようだ。

私も頑張らねば、と用意した包丁とまな板を使って、つけ合わせ用のニンジンをカットしていく。

しかし。

「……」

しばらくしてまな板の上に並んだのは、ひどく角ばった大小不揃いなニンジンの欠片《かけら》たちだった。乱切りだとしても、もう少し大きさと形は整えるべきだと自分でも思う。

記憶は依然として戻らないが、どうやら私はあまり料理が得意じゃないらしい。ちょっと申し訳ない気持ちになる。

「料理で大切なのは見た目じゃない。そこに込められた思いだよ」

ジェントルは、ニンジンを見て黙ったままの私を慰めるように優しくフォローしてくれる。なんだか情けなくて泣きたくなった。

ジェントルは塩胡椒《しおこしょう》で下味をつけた適量のひき肉を手に取る。そしてそれを素早く器用に、綺麗なハンバーグの形へと変化させていった。

肉の塊から空気をしっかりと抜き、あっという間に全員分のハンバーグのタネを完成させる。彼の罪の本は調理台に置かれていた。鎖で繋がれた左手は普段よりも使いづらいはずだ。それでも全くそのハンデを感じさせなかった。

「ハンバーグ、作り慣れてるね。得意料理なの？」

あまりの手際よさに私は思わず質問してしまった。彼にも記憶がないことは知っていたのに。「覚えていない」と返されると思っていたが、意外にも私の問いにジェントルは逡巡《しゅんじゅん》する様子を見せた。

「もちろん、何も思い出せないんだけど……。改めて聞かれると、大切な誰かにせがまれて、よくハンバーグを作ってあげていたような気もする」

ジェントルの大切な誰か。その人物の好きな料理がハンバーグだったから、彼はこの場所でも無意識にハンバーグを作ろうとした。そう考えると理屈は通る。大切な人のために好物を作ってあげるジェントル。彼の心の温かさが伝わってくるようだ。一方でそんな人物がヒトゴロシなのかという疑念は、私の中でどんどんと強まっていくばかりだった。

不格好ながらも、全てのニンジンを一口サイズにカットした私は、ジェントルから追加で頼まれたサラダの盛りつけをナーバスと一緒に頑張っていた。

大きなサラダボウルに色とりどりの野菜を配置していくだけ、と言ったら簡単そうに聞こえるが、見栄えを整えるには相応のセンスがいる。

ジェントルは私とナーバスに一つずつサラダボウルを渡し、「二人の自由に盛りつけていいよ」と笑顔で頼んできた。しかしニンジンさえ上手《うま》くカットできない私に、自分のセンスのみで綺麗に盛りつけろというのはなかなか酷な話だ。

私は調理台の上にあらかじめ用意されていた数種類の緑色の葉っぱを見て頭を抱える。

「どういう基準で選ぶべきか、全然わからない……」

結局は勘で勝負をすることになりそうだと思いながら、隣にいるナーバスの様子をこっそり窺《うかが》うと、彼女もまた手を止めていた。だが私とは違ってサラダの盛りつけのことで悩んでいるわけではなさそうだ。ナーバスは不安げに目を伏せ、何かを考えているようにサラダボウルをぼうっと眺めていた。

「この監獄のことが不安？」

そう訊《たず》ねると彼女はびくっと身体を震わせた。ナーバスはおずおずとこちらを向く。

「看守さんはこれからのこと、怖くなったりしませんか？」

「怖いよ、もちろん」

即答する。当たり前だ。誰だってこんな意味のわからない場所に閉じ込められて、不安に思わないわけがない。けれどナーバスにとって私の答えは意外なものだったらしい。

「初めて私たちの前にやってきた時から堂々としてたので、看守さんは全然怖くないのかと思ってました」

「堂々としてた？　いや、私も囚人がどんな人たちか知らされていなかったし、すごく怖かったよ。もしそう見えたなら、この制服のおかげじゃない？」

私は自分が着ている金刺繍の入った制服の胸元を手でトントンと叩《たた》いてみせる。服装は相手に与えるイメージを大きく左右させる。権威的な看守の制服は無意識に周囲を威圧するようにできているのだろう。

私はサラダに使用する葉っぱを吟味するため、それらをトングでつかみ上げてじっと観察してみる。ちなみにそれが何の葉なのかは眺めたところでわからない。あとはフィーリングだ。

「私だってとっても怖い。でも今は看守という役割があるからそれを果たす。私にできることはそれしかないから」

「……」

「ナーバス、どうかした？」

急に黙り込んだナーバスを心配して、私が視線を向けると。

「カッコいいです、看守さん！」

突然、目を輝かせたナーバスが顔をずいっと近づけてきた。彼女のかけている藍色の眼鏡フレームがすぐ目の前まで接近してきて、顔にぶつかりそうになる。

「カ、カッコいい……？」

「わたし、最初こそ元気に振る舞おうと思って努力してたんですけど、もうそろそろ限界だったたんです。このままもう二度と帰れないんじゃないかって……そんな考えがずっと頭の中をぐるぐるしてて」

その答えで私は少し納得がいった。ナーバスは今までやけに人懐っこく、その振る舞いは暗い監獄の中で浮いているように感じたが、不安だからこそ空元気を見せていたようだ。

「可愛いね、ナーバスは」

私は思わずそうつぶやいて、彼女の頭にぽんと手を置いた。

「看守さん……？」

「大丈夫。きっとみんなで帰れる。だから一緒に頑張ろう？」

看守が囚人を励ます。一緒に頑張ろうと言う。それは本来の立場としてはあまり適切ではないのかもしれない。しかしクロースと話した時も思ったが、私にはこうやって寄り添っていく看守として行動する方が合っている。この監獄は「ごっこ遊び」みたいなものなのだ。看守と囚人が仲良くして咎《とが》められることはない。

ナーバスは照れたように頬を仄《ほの》かに赤く染め、それから「えへへ」とはにかんだ。

「なんだか看守さんと話していると心が温かくなって、不安がとけていく気がします。看守さんが一緒にいてくれて、本当によかったです」

その言葉は素直に嬉しかった。私は間違っていないと思えたから。

「よーし、やる気が出てきました！」

ナーバスは気合を入れ直し、放置していたサラダボウルと向き合う。私はその様を微笑ましく見守っていたが、本気を出した彼女はすぐさま、カラフルで食欲を誘う素敵なサラダを完成させてしまった。私のサラダボウルにはまだ緑色の葉っぱが適当に入っているだけで全然進んでいない。最終的に私の微笑みは引きつってしまっていただろう。

ナーバスのサラダをちらちらと盗み見て参考にしながら、私もどうにかサラダの盛りつけを完了させた。一息つき、ふと視線を下げた時だ。

すぐ横の流し台で腕まくりをし、使用済みの調理器具を洗っているナーバスの、ある一点に視線が吸い寄せられた。気づいたのは本当に偶然だった。

不安になったり、やる気を取り戻したり、コロコロと感情が変化して愛らしいナーバス。

その彼女の細い左手首。罪の本の鎖が巻きついた下には、切れ味の悪い刃物で傷つけたような跡が大量に刻まれていた。角度からして誰かに傷つけられたものではない。紛れもない自傷の痕跡だ。

「ナーバス、その傷……」

私は思わず口に出してしまう。調理器具を洗うナーバスの手がぴたりと止まり、蛇口から流れ出す水音だけが耳に届く。

ジェントルは少し離れたところで別の作業をしていて、私たちの異変に気づいた様子はない。ナーバスはなんと返すべきか迷ったように視線を右往左往させた後、観念した風に頬をかく。

「……気づかれちゃいましたか。あんまり、知られたくなかったんですけどね」

彼女は左手首を右手で隠すように包むと、少しうつむいておどおどと言葉を続ける。

「あ、あはは……記憶はないですけど、自分で傷つけちゃったみたいです。やっぱりこういうのって、看守さんも引いちゃいますよね？」

彼女自身、自分の傷跡を気にしているようだ。確かに自傷癖は人によってはあまりいい印象を持たれないだろう。だが私はその傷を見ても、不思議とそこまでネガティブな印象を受けることはなかった。ナーバスの知らない一面が垣間《かいま》見えたことで動揺はしたものの、それは嫌悪感に起因するものではない。

だから私はしっかりと首を横に振った。

「私は引いたりしないよ。人が自傷行為に至るまでには何かしらの理由があるものだから」

そんな言葉がすっと口から出た。それは本音だ。しかし、だからこそ私は困惑する。自分はそこまでできた人間だろうか。普通の人間は自傷の痕跡を目にしたら、肯定否定はともかくとして、少なからずうろたえるものじゃないだろうか。

私の反応はまるで自傷行為をする人間に慣れているみたいだった。あるいは鍵のかかった記憶の中に、本当にそういう人間に接した経験が含まれているのかもしれない。

私の答えを聞いたナーバスの顔から不安の色がゆっくりと消えていき、安堵《あんど》の表情へと変わっていく。

たとえ私の言葉が嘘だったとしても、彼女の反応は同じだっただろう。ナーバスはおそらく他者による肯定、それに裏づけられた安心が欲しいのだ。

「嬉しいです、看守さん！」

彼女は私にいっそう心を許したようで、私の身体にぎゅっと抱きついてきた。

「ちょ、ちょっと」

照れた私がナーバスを引き剝がそうとして、偶然、彼女が左手に抱えた罪の本に触れた瞬間。

——突然、頭の中にどこか全く別の場所の光景が映像として流れ込んできた。

◇

橙色《だいだいいろ》の空が印象的だった。

「お前が……お前さえ、いなければ……ッ‼」

誰かの悲痛な叫びが響いていた。

逆光、私の視界が捉えたのは薄黒く染まった二つの人影。

小柄な体格の少女が、地面に少年を押し倒して馬乗りになっていた。

少女の右手が、少年の胸元に何度も振り下ろされる。

その度に液体が飛び散った。

彼女の手にはカッターナイフが握られていた。

それを何の躊躇《ちゅうちょ》もなく振り下ろす。本当に、全く、躊躇なく。

「お前が先輩を殺したんだッ！」

少女は犬歯を剥き出しにし、獰猛《どうもう》な獣のように大声を少年に叩きつける。

だが少年の身体は脱力しており、すでに生命の気配はない。

ただの物となった死体にカッターナイフを突き立てて、それでも少女が手を止める様子はなかった。

「先輩……！　わたしは、先輩の、ために……」

そうつぶやいて顔を上げた少女。

私はその顔を知っていた。

最初からなんとなくわかっていたことだ。その少女は、ナーバスだった。

「先輩……先輩……っ！」

再びカッターナイフが振り下ろされる。

ドス、と重い音がした。

◇

「看守さん？」

耳元で呼びかけられて、私は大きく目を見開いた。

少年の身体から鮮やかに噴き上がった血液の光景が、まだ脳裏にこびりついている。

私の意識は調理場へと戻っていた。嫌というほど高速で心臓が脈打っている。それをなだめるために、私は一度大きく息を吸った。並べられた様々な食材の匂いがする。

「……大丈夫ですか？」

心配そうに私の顔を覗《のぞ》き込《こ》んで様子を窺うナーバスは、さっき見た光景の中で憎悪に支配されていた少女そのものだった。

あの光景はナーバスの罪の本に触れたことをきっかけに再生された。

もし、あれが実際に起きた出来事だとしたら。

ジャッカが今まで何度も口にしてきた、あの表現は的確だ。

夕暮れ時の鮮やかなオレンジ色の空の下。

一心不乱に凶器を振り下ろすナーバスの姿は。


——紛れもない「ヒトゴロシ」だった。

現状ではあれが本当にあった出来事だと断定することはできない。この監獄で起こることは何もかも常識外のことばかりだ。ジャッカが何らかの手段を使って、私を惑わせるために偽の光景を見せたとしても不思議じゃない。

でも。あの生々しさを忘れることは難しい。気を抜けば、水鉄砲のように噴き出す血飛沫が脳裏にフラッシュバックする。

「うっ」

胃液がぐっと込み上げてきて、私は口元を押さえた。今はなるべく頭の中を空にしておいた方が良さそうだ。

「……私、そろそろ夕食ができるって他の囚人たちに伝えてくる」

ジェントルやナーバスの返答を待たずに小走りで食堂から抜け出した。

ナーバスが追いかけてくることはなかった。彼女は私が妙な光景を見たことを知らないはずだ。となると前後の流れから、私が本当は自傷癖に対して偏見を持っていると誤解された可能性もある。それでも、そのリスクを負ってでも、しばらくの間はナーバスと対面することを避けたかった。平静を保てる自信がなかった。

私はひたすら廊下を進み、頭を空にし、心に余裕が戻ってくるのを待った。

薄暗い廊下に反響するのは、私一人分の足音。気づけば、周囲に人の気配はなくなっていた。

「――視《み》たのね」

背後から声。振り返り、そして私は大きく視線を下げた。

そこには白い体毛と立派な角を持つこの監獄の実質的な管理者、ジャッカロープがいた。

「なに、あの気味の悪い光景は」

私は強烈な敵意を声に滲《にじ》ませて、ジャッカを睨みつけた。

「エスが視たのは、囚人が抱える過去の断片。ミルグラムの看守に選ばれた人間は罪の本に触れることで、その中身を少しだけ覗くことができるわ。これはいわば、安全装置」

「安全装置？」

「看守が囚人とのやり取りによって、過度に親密になりそうな時、相手がヒトゴロシであることを再確認させるためのシステムよ。裁定前の囚人に対して、あまりに肯定的になりすぎてしまったら、本来見えるものも見えなくなってしまうから」

ジャッカは私が味わった精神的苦痛のことなど、微塵《みじん》も気にかけることなく、淡々と説明を口にした。

「記憶を奪った次は、過去の光景を視る力を与える、ね。ずいぶんとファンタジーな監獄だよね。本当は私たち、集団催眠か何かにかけられているだけなんじゃないの？」

この監獄に来てから、ありえないことが多く起きすぎている。

皮肉を込めてそう吐き捨てるように言ったが、ジャッカは涼しい態度を崩さない。

「何度も言うけど、あなたがそう思うなら思っていればいい。アタシが手に入れたいのはエスが生み出す、裁定までの過程とその結論だけだから」

「イカれてる」

私の冷たい怒りが暗い廊下に広がった。

少しの静寂。それからジャッカは何事もなかったかのように会話を再開した。

「それでナーバスの過去の光景はどうだったかしら？」

「……あれが事実だとしたら、私は彼女を赦せる自信がない」

「そうよね。アタシが『彼女はヒトゴロシだ』とただ口にするのと、実際に彼女の行為を目撃したのでは、ずいぶん印象が変わったでしょう？　実際は何一つ、そこにある事実が変化したわけではないのに」

悔しいが、ジャッカの言う通りだった。

言葉で聞くことと、目で見ること。

同じ事柄に触れても、触れる手段によって感じ方は恐ろしいほどに異なった。別の角度から見ることで全く別の姿を見せるそれは化け物のようだ。

「この概念が、さっきアタシが少しだけ話した『罪の解像度』よ」

「ミルグラムが重視している独自概念ってやつね」

「たとえば一つの凄惨な殺人事件があるとする。それを単にニュースの見出しで見た場合と、実際の現場で死体を目撃した場合では抱く印象に大きな差が生まれる。事件に近づくほど、その背景やそこに渦巻く感情、感触や音や匂いなどの詳細な情報が増えて、解像度が増していく。結果として見え方が変わる」

ジャッカの論はおおむね正しいだろう。

殺人事件に関する報道がされた時、関係のない人々はニュースの見出しを目にして「ひどい事件だ」と口にする。だがすぐにそんなことは忘れて日常に戻っていく。

だけどもし、その事件の内容は変わらないまま、被害者が自分の家族や友人に置き換わったら？

二度と忘れることはないはずだ。起きた出来事には何一つ変化がないのに。

「人間の感じ方なんて、そのくらいの脆弱《ぜいじゃく》な判断基準の上に成り立っているものなのよ。これからあなたは看守として、囚人たちの深くまで知っていく。それは罪の解像度を上げていく作業。今はナーバスに強い嫌悪感を抱いていたとしても、罪の解像度が上がることで、それがさらにひっくり返ることだってありえる」

よく喋るウサギだ。

なまじ筋が通っているように聞こえてしまう分、タチが悪い。

私は無言で踵《きびす》を返した。ジャッカと話していると、思考がかき回されるような感覚に陥ってしまう。必要以上に会話を重ねない方がいいだろう。

しかし、と私は頭の片隅で思う。

この監獄にいる囚人全員が私の視たナーバスのように、本当に「ヒトゴロシ」なのだとしたら、私ははたしてそのうちのたった一人でも、赦すことができるのだろうか。

3

「他の囚人たちにそろそろ夕食ができると知らせにいく」と言って食堂を飛び出してきた手前、それがその場しのぎの言い訳だったとしても、最低限自分が口にした役目は果たさなければいけないだろう。

他の囚人を探して廊下を進み、私が辿り着いたのは監獄の最奥。

紙の濃い匂いがした。

「この場所は――」

『罪の書架』。それが目の前に広がる巨大な空間の名前だった。

部屋に入ってすぐ、私は圧倒されることとなった。

パノプティコンと同じで天井が異常なまでに高い。四方の壁には背の高い巨大な本棚がびっしりと敷き詰められていて、そのほとんどに分厚い本が収められていた。

収蔵されている本の背表紙は全て黒で統一されている。一目見て、それらが何だかわかった。

「……罪の本だ」

私は近くの本棚から適当な本を手に取る。

拘束具はついていない。普通の本のようにめくることができた。

表紙には《GUILTY》という赤文字が刻み込まれていて、それは私の知る囚人たちの本にはない表記だった。

大量の罪の本が今にもあふれ出しそうなほど部屋中を埋め尽くしている。

その本の数だけ、人間の罪がある。自分が手に取った本にも誰かの罪が記述されているはずだ。好奇心から目を通してみたくなる。

しかし。

「——やめておけ。他人の罪の本なんて生半可な気持ちで開くものじゃない」

いきなり部屋の隅から声をかけられて、私は驚いて視線を上げる。そこにいたのはまだ一度も話したことがない囚人の少年だった。

彼は長髪で目元が少し隠れている。色白の顔はすっきりと整っていたけれど、表情の変化に乏しく、あまり人間味が感じられなかった。体型は細身。声に抑揚がほとんどないため、彼の言葉は無機質な音声のように聞こえる。

「えっと、あなたは」

「ボクは『トーチ』。別に覚えなくても構わないけれど」

トーチは部屋に置かれていた古ぼけた木の椅子に座っていて、静かに目を閉じた。

「この場所に長居するのはオススメしない」

瞼を下ろしたまま忠告してくる。だが彼自身はこの部屋から出ていく気配が全くない。忠告に説得力があるかというと微妙なところだ。

だけど彼が言いたいことは十分に理解できた。人の罪には常に何かしらの強烈な感情がつきまとう。

この空間は一見、静謐《せいひつ》だ。

しかしそれでいて、直接感じ取ることができないたくさんの人々の激情、叫び、呪いのようなものが空気を澱《よど》ませていて、トーチの忠言通り、長く留まっていたら精神を蝕《むしば》まれそうだという漠然とした不安があった。

「トーチはなんでここにいるの？」

「他の場所だと囚人たちと顔を合わす可能性がある。一方でここに居座ろうとするヤツはいない」

「他に誰かいると問題でも？」

「他人と関わるのは得意じゃない。もちろんこの会話も早く終わらせたいと思ってる」

それは明確な拒絶だった。しかしあまりにも淡々と無感情で言うものだから、私はその意味を理解するのに少し時間がかかった。

「さっさとどこかに消えてくれ、看守」

トーチから発せられる言葉の数々は、おそらく紙にでも書き出してみればかなり字面が悪いことだろう。敵意があると判断して当然といった具合に違いない。

しかし、実際のところは彼の言葉には爪の先ほども悪感情が含まれていなかった。まるで何も考えず台本を音読するように。全く興味がないような淡白さで彼は話すのだ。

困惑。トーチとのやりとりは無味のパンを口に入れた時みたいに何の味もしない。バターやジャムといった味を彩るものが塗られていない。反対に酸っぱかったり、苦かったりするわけでもない。

感情という味が欠如したやりとりだ。

私は目の前のトーチという囚人が、この監獄内で一番苦手かもしれないと本能的に思った。好意でもいい。悪意でもいい。何かしらの感情が伴わないと、人間同士のコミュニケーションは成立しない。

トーチはどんなヒトゴロシなのだろうか。

彼が誰かを殺すところなど想像もできない。殺すという行為に至るには、相手や殺人そのものに強烈な執着や興味がないといけないはずだからだ。

「夕食の時間だから、トーチもそろそろ食堂に来て」

当初の目的を思い出して、私は彼にそう告げた。

「いや、ボクは全員が食べ終わった後に行く」

「ダメ。これは看守命令だと思って。せっかくみんながいるのに、一人で食べるなんて寂しいでしょ。今日の食事は私の監視下で行うこと。ちゃんと守ってね」

初めて看守として命令を下した瞬間だった。その内容が夕飯への強制参加というのはどうにも締まらないけれど。

ただトーチの場合、強制的に引きずり出さない限り、ずっとこの場所にこもっていそうだった。本来ならそれも個人の自由だと思うけれど、私は看守として彼のことを知っていかないといけない。ミルグラムから脱出するためだ。従ってもらおう。

「……その命令に違反したらどうなる？」

「さあ？　私にはわからない。ジャッカが何かしら罰を与えるんじゃない？」

「ウサギ頼みの、無力な看守だな」

「なんとでも言っていいよ。とにかく夕食の席には顔を出すこと」

「……囚人と仲良しごっこをしていていいのか？　お前はボクたちに裁定を下す立場なんだぞ？」

「私は囚人に寄り添う看守になると決めたの。トーチもその対象」

トーチはしばらく無言になる。そのままやり過ごそうと考えたのかもしれないが、私は彼が再び口を開くまで諦めずにじっと待った。

「……わかった」

一分ほどだろうか。トーチは観念したようにつぶやいた。

その言葉には初めて、ほんの少しの苦々しい感情が含まれていたように感じた。

4

「ジェントル。俺、こっち手伝うよ」

「悪いね、ツー。助かるよ」

ジェントルが皿に料理を盛りつけていく。湯気の立つ皿がキッチンに並んでいく。ツーサイドは全員分のグラスを用意して飲み物を注いでいた。

私が一度食堂に戻ると、ツーサイドとクロースは声をかけるまでもなく、自主的にやってきていた。ジェントルによる夕食の調理はすでに完了している。私とクロースは併設されたダイニングスペースの大きなテーブルの椅子に並んで座り、料理が運ばれてくるのを待っていた。

頰杖《ほおづえ》をつきながら、調理場にいるツーサイドを眺めていたクロースがこっそりと耳打ちしてきた。

「ツーってさ、見た目カッコいいよね」

「出会ったのがこんな場所じゃなかったら、あたし好きになってたかも」

「……普通、まだ会ったばかりの相手と恋愛話なんてする？」

あまりにも唐突で意味がわからず、私は呆《ほう》けた表情で返した。その反応を予想していたのか、クロースはけらけらと笑う。

「こういう話をすると、一気に仲良くなれた感じがするでしょ。あ、この人、心を開いてくれたんだなって」

「出会ったその日のうちにそんな話をしてくる人間は逆に信用できないよ……」

友人と呼べるほど関係が築けていれば良いだろうけれど、さすがにまだ私たちはそこまで仲良くなれていない。

「ま、それもそっか。でも何も思い出せないあたしたちが持ち出せる話題なんて限られていると思わない？　それこそ他の囚人のことでも話すしかないと思うんだよね」

クロースの意見は確かにその通りだった。

窓もない監獄に閉じ込められ、記憶に鍵をかけられた私たちは、本当に他愛のない日常会話――たとえば「今日の天気について」みたいな、退屈な話さえもすることができず、お互いの過去や思い出を語ることだってできない。

私たちが話せることなんて、監獄内の暗い話題だけだ。

そう考えるとクロースが持ち出した恋愛の話は、この監獄の中ではとっておきの明るい話題なのかもしれない。

「それでエスはどう？　囚人の中だったら誰が好み？」

そんなことを聞かれても困る、というのが本音だった。現時点では判断材料が少なすぎる。ただ、一つだけ言えることがあった。

「好みの囚人については答えようがないけど、ちょっと苦手な囚人ならいる」

「誰？」

「トーチ」

私の率直な回答を聞いて、クロースは声を出して笑った。

「彼、何考えてるかわからないもんね」

「仲良くなれる気がしない……」

暖かい光に包まれてクロースと話しているその時間は心地よく感じた。ここが監獄じゃなく記憶も失っていなければ、もっと色々なことを話せただろうと思うと、ほんの少しだけ寂しい。クロースも同じようなことを思ったのだろうか。彼女は急に黙り込んで、それからぽつりとつぶやく。

「なんだかあたしたち、前からこんな風に友達やってた気がするね。時間さえあれば、すごく仲良くなれそう」

「うん、私もそう思うよ」

「――エス、クロース。お待ちかねの夕食だぜ」

ツーサイドがハンバーグやつけ合わせの野菜が載った皿を運んできてくれた。ハンバーグはジェントルが言っていた通り、野菜のパーツを組み合わせて笑顔の形になっていた。

「ありがと、それ受け取るよ」

クロースはそう申し出ると、立ち上がってツーサイドの手伝いを始める。さっき言っていたツーサイドが好みということも、あながち冗談ではないのかもしれないとぼんやり思った。

そうして私たちは看守と囚人、みんなで同じテーブルを囲み、ジェントルが作ってくれたハンバーグをおいしく食べ始める。トーチもほんの少し遅れたが、きちんと命令通り顔を出してくれた。他の人との会話は最小限だったけれど。

終始、和やかなムードだった。

奇妙な監獄に閉じ込められていることを一瞬忘れそうになる。

そんな中、渋い表情をしていたのはナーバスだった。彼女は私が乱切りにし、ジェントルによって調理されたつけ合わせのニンジンをじっと見ていた。

「えっと、ナーバス？」

「あ、すみません！　実はわたし、ニンジン嫌いなんです……。でも、看守さんが頑張って切ってくれたものなので、なんとか食べようと思って……！」

「む、無理しなくていいからね」

ナーバスは勇気を振り絞って覚悟を決めたように目を大きく開ける。眼鏡のレンズまできらりと輝いて見えるほど強い意志を宿し、ニンジンにフォークを刺した彼女は、それを口の中に素早く放り込む。ゆっくり咀嚼《そしゃく》し、そして。

「これ、おいしいです！　こんなにおいしいニンジンは初めてです！　さすが看守さんですっ！」

と恥ずかしくなるほど大きな声で褒めてくれた。彼女は私に尊敬の眼差《まなざ》しを向けてくる。しかしよく考えてみると、私はニンジンを切っただけであり、真に褒められるべきは煮込んだり味つけをしたりしたジェントルの腕なのでは……と思いつつ、それを指摘できる雰囲気ではなかったので、曖昧に笑って流すことにした。

少し遅れて、私たちとは少し離れたところで「なんだ？　このつけ合わせの角ばった変なニンジン……」と不満げにつぶやいたツーサイドのことは涼しい顔で無視しておいた。


コンクリートで四方を固めた無機質な壁。

ベッドとデスクしかなく、無駄に広い空間。

私が初めて目覚めた場所であり、看守に与えられる専用の部屋。それが看守部屋だ。

賑《にぎ》やかだった夕食の席とは打って変わってどこまでも静まりかえっている。

夕食後、どこからともなく現れたジャッカに、ここを正式に私室として使っていいと言われた。

そういえば彼女は何を食べているんだろうか。それに今までどこにいたのだろう。

監獄内をどれだけ探しても出口はなかったとクロースは言っていた。けれどジャッカが時々姿を消すことから考えて、彼女だけが入れる区画があるはずだと私は考えている。

たとえばジャッカ自身が生体鍵になっていて、彼女が近づいた時だけ何の変哲もない壁が開くとか。こんな推測が当たっていたとしても、私たちが見つけられない以上、存在しないのと変わらないのだけども。

私は大きなベッドに背中から倒れ込み、天井を見上げた。

今、囚人たちも個々の牢屋のベッドで休息を取っているはずだ。

食堂ではこの監獄の異常性を少し忘れかけた。だけど真の平穏なんてこの場所にいる限り、訪れないことはわかっている。

私は看守で他の人間たちは囚人。そしてヒトゴロシ。ジャッカロープという空想の中にしか存在しないはずの生物によって、出口のない監獄に閉じ込められている。

整理してみれば、とても現実とは思えない状況だ。それを再認識し、私は警戒心を新たにした。囚人と仲良くするのはいい。しかし、看守としての自覚を忘れるのはダメだ。

しばらく横になっていると、不意にドアがノックされた。どうぞ、と声をかけるとドアが小さく開かれる。顔を覗かせたのは、意外にもジェントルだった。ジャッカかクロース辺りだと思っていたのだけれど。

彼は食堂で見せていた優しい表情とは違って少し神妙な顔つきだった。

「すまないね。女の子の部屋に押しかけてしまって」

ジェントルはそうやって気を遣いながらも、確かな足取りで部屋の中に入ってくる。部屋の端に置かれたデスクから簡素な事務椅子だけを私のベッド際まで持ってくると、静かに座った。

私はベッドの上で上半身を起こす。

「……何か話がありそうだね」

ジェントルはゆっくりと首肯した。

「察しが良くて助かるよ、エス。君はアイヒマンテストを知っているかい？」

「いいえ、初めて聞いた」

私は看守という立場にいるが、何か特別な教養を持ち合わせているわけじゃない。

「そうか、知らなくても無理はないよ。僕も深く知っているわけじゃない」

「……それでアイヒマンテストというのは？」

私の問いにジェントルの表情が少しだけ強張《こわば》る。私の目をじっと見て彼は口を開いた。

「アイヒマンテスト——別名、ミルグラム実験」

ミルグラム。その響きにはよく覚えがある。

この監獄の名前だ。

「この監獄と同名の実験が存在するということ？」

「ああ。そしてその実験も、閉鎖的な空間に被験者たちを置くことを前提条件としている」

それは今の私たちの状況と酷似していた。偶然の一致にしては共通項が多い。ミルグラム実験の詳細について私が聞き出そうとした時だ。

「——ジェントル。お喋りはそこまで」

ベッドの下からジャッカがぬっと姿を現した。

「……そんなところで盗み聞きなんて、あまり行儀が良くないね」

ジェントルは不快感を隠さずに口元を歪《ゆが》めた。ジャッカは彼をまっすぐ見上げて告げる。

「アタシは囚人を監視し、看守を監視することで、この監獄が正常に機能するように保守することが仕事なの。あなたの知識はエスを無意味に惑わせる。だからストップをかけさせてもらうわ」

「ミルグラム実験と結びつけられたくないなら、この監獄の名前を変えることをオススメするよ」

ジャッカは浅くため息をついた。

「別に実在する実験と関連づけることを禁止したいわけじゃない。ただこのまま放っておけば、あなたがエスに情報を与えることで、知識の差による上下関係が成立してしまうことになるわ。その力関係はエスによる裁定を鈍らせる危険性があると判断しただけ」

私の膝の上に飛び乗ったジャッカはごろんと転がった。

「エス。あなたはまだ看守として未熟。囚人の言うことを全て鵜呑《うの》みにするのは迂闊《うかつ》としか言いようがないわ。アタシはあなたの考えに基づいて下される、どんな裁定も歓迎する。けれど、囚人に操られた裁定は容認できない」

「僕はエスのことを操ったりしない」

ジェントルは心底不快そうに反論する。

「事実がどうであろうと関係ないのよ。囚人によって裁定結果が操作された可能性を否定できなくなった時点でダメなの」

だったらそもそも囚人との交流を禁じればいいのにと私はうっすら思ったが、そうすると今度は罪の解像度を高めることが不可能になる。その塩梅《あんばい》を調整するためにジャッカのような管理者がいるのだろう。

ジャッカは私の目を見て諭すように言う。

「エス。あなたはジェントルを頼れる囚人だと認識しているようだけど、アタシに言わせれば、彼は集められた囚人の中でも一番直接的に危険な人物だと思うわ。看守は囚人の表も、裏も、平等に知る必要がある。覚えているかしら。あなたに与えられた力は、こういう場合の安全装置なのよ」

嫌な予感がした。

私はとっさに膝の上のジャッカを手ではねのけようとする。しかし彼女は素早い動きで私の手をかわすと、事務椅子に座っているジェントルへと飛びかかった。

「な、なんだ⁉」

いきなりのことに驚くジェントル。ジャッカはその立派な角で彼の持っていた罪の本を奪って宙に放り投げる。その先にいるのは私だ。

私とジェントルの罪の本が接触する。

またた。私の意識が悪夢のような濁流に押し流されていく。罪の本が見せる光景が流れ込んでくる。意識が途絶える寸前、私を送り出すようにジャッカはささやいた。

「人間の表面だけを知って信用するのは危険な行為。どんなに歪んだ異常者の中にも、優しさや、時には愛だって存在するのよ」

◇

地面に倒れている人がいる。

夜の路上。街中だがひとけはない。

倒れた人間の首には、頸動脈《けいどうみゃく》をしっかりと狙ったように刃渡り二十センチほどのコンバットナイフが深々と刺さっていた。

傷口から流れ出した血液が地面に溜《た》まって、濃厚な匂いを放つ。

その人物こそがジェントル。ナイフを用いて自殺を図った――のだったら、どれだけ良かったか。

「あはっ」

喜色あふれる吐息が路上に響いた。

被害者の首に突き立ったナイフ。その柄《つか》をつかんだのは一人の青年。

彼はコンバットナイフを思いきり引き抜く。

刺傷において、より血液が噴出するのは刺した時よりも引き抜いた時だ。皮肉にもナイフの刃で塞がれていた傷口が一気に開き、ぴゅーとまるでコミカルな演出のように血が噴き出す。だがそれは演出などではない。紛れもない現実だ。

「あはははは」

被害者の体外に勢いよく出ていく血液に手をかざし、真っ赤に濡《ぬ》れて光る自分の右手を見て、青年は憚《はばか》りもなく興奮した笑みをこぼす。

一目見てわかる。それは怨恨による殺人ではない。

快楽に身を任せた殺人だ。

思わず目を背けたくなるような、グロテスクな光景の中で、青年がなぜ笑えるのかが理解できない。嫌悪感が全身を巡る。

私はその青年の顔を知っていた。というよりも、この光景が意識に流れ込んできた瞬間から頭ではわかっていたと言うべきだろう。

青年の正体はジェントルだった。

他の囚人たちのために得意のハンバーグ料理を振る舞い、笑顔を浮かべていた、ジェントルだった。

◇

目の前にいる彼を「赦す」ことはできないだろうな、と思った。

ジェントルの罪の一端を視た私は意識を取り戻す。何が起きたのかわからず、怪訝そうな表情を見せるジェントル。ただ黙って私を見つめるジャッカ。

状況はさっきまでと何も変わっていない。

しかし、私とジェントルの間の心理的距離はあまりにも大きく開いてしまっていた。

「……最悪の、ヒトゴロシ」

震える声でそう言った。本当なら平静を装うべきかもしれない。だが心の内から滲み出る嫌悪感を抑えきれなかった。

「なんだって？」

ジェントルは私の態度の豹変《ひょうへん》ぶりに困惑した様子。一方でジャッカは満足げだった。

「いったいエスに何をしたんだ、ジャッカロープ！」

「さあ、何かしらね。一つだけ言えるのは、エスはただ伏せられていた事実を知っただけだということ。アタシは何も脚色していないし、捏造《ねつぞう》もしていない」

私の態度が急変した理由が、罪の本に触れたことにあるというのはジェントルもわかっているはずだ。彼は自分の罪の本を忌々しそうに回収する。

「エス。僕は君がどんなことをどういう形で知ったのかはわからない。でも話をするなら日を改めた方が良さそうだということはわかるよ」

ジェントルの判断は賢明だ。今は彼の話を冷静に聞けそうにない。そしてそれこそがジャッカの狙いだった。

椅子から立ち上がったジェントルは悔しそうな視線でこちらを一瞥《いちべつ》してから、背を向けて部屋の入り口へ向かって歩き出す。私はそんな彼の背中を見つめて、時間が経《た》てば、彼ともまた落ち着いて話すことができるだろうかとぼんやり考えていた。

――そもそも、心を整理する時間が与えられる保証なんて、どこにもなかったのに。

「待ちなさい、ジェントル」

ジャッカの無情な声がジェントルを引き止めた。

……監獄のシステムは唐突に牙を剝く。

振り向いたジェントル、嫌な予感を覚える私。ジャッカは満足そうにくすりと笑う。

「最初の仕事は完了よ、エス。あなたは十分に『ジェントルを知った』」

そして、ジャッカは宣言した。

「今から最初の審判を開始する。対象の囚人はジェントル。さあ、裁定の時間よ。エス」

5

パノプティコンに全ての囚人が集められていた。

不気味なほど真っ白な円卓に着席した五人の囚人と一人の看守。そして円卓に飛び乗ったウサギもどきが一匹。夕食の席の活気はどこかに消《き》え失《う》せ、全員が無言。神妙な面持ちでこれから何が起こるのかと警戒している。

「そう緊張しないでいいわ。今から行うのは罪の本を使用した、対象囚人の過去の開示。罪の本が起動すると、対象囚人の意識は一時的に混濁し、本の内容を自らの口で自然と語るようになっている」

ジャッカが円卓の中央までとことこと歩いていく。

その姿を目で追っていた私は初めて、円卓の天板中央に切れ目があることに気がついた。ジャッカがその部分を前脚でちょんと押すと、天板は自動で左右に開く。現れたのは横長の浅いくぼみだ。

「ここに罪の本をセットすれば、あとは全てが自動で進行していくわ」

席に座ったジェントルは怖い目つきでジャッカを睨んでいた。それに気づいたジャッカは煽《あお》るように鼻をひくつかせる。

「あまり反抗的な態度を取るとエスの心証が悪くなるわよ？　大丈夫かしら？」

「今更そんな脅しで、僕が態度を改めると思うかい？」

「それもそうね。さて、時間の浪費は愚者の行いよ。そろそろ始めましょうか」

一呼吸を置いて、ジャッカは呪文のように口上を述べる。

「――罪の本が開く。囚人名『ジェントル』。罪名【悦楽の罪】」

悦楽の罪。まさに私が視た殺人鬼にふさわしい罪名だ。

円卓の上に置かれていたジェントルの罪の本がジャッカの呼びかけに反応する。今まで罪の本に何重にも巻きついていた鎖がほどけていき、ほんの数秒ほどで罪の本は鎖の拘束から解き放たれた。

ジャッカは罪の本に駆け寄ると二本の前脚でつかむ。後ろ脚で直立し、器用に歩いて中央のくぼみまで本を運び、最初のページを開いてセットした。

――同時、罪の本から紫色に輝く光が放たれる。

空間に広がった紫色の光はその全てがジェントルへと収束していき、彼の身体が強烈な輝きを纏っていく。

「う、うぁああああああっ！」

動揺したジェントルの絶叫。

彼は数秒の間、紫光から逃れようともがいていた。しかし、少しして紫光が全てジェントルの身体の中に溶け込んで消えると、彼はすっと黙り込んで姿勢よく椅子に座り直した。

明らかに様子がおかしい。ジェントルの両目は先ほど罪の本から放たれた光の色と同じ、紫色を帯びていた。視線は虚《うつ》ろ。何かを見ているわけではなく、ただぼうっと正面を向いている。そこにまともな意識があるようには思えなかった。気を失ったまま、誰かに操られているような、そんな人形じみた雰囲気があった。

唐突に。

ジェントルが機械的な口調で話し始めた。

「囚人名『ジェントル』。罪名【悦楽の罪】。記述内容を開示」

ジェントルが話しているのは確かだが、彼本人が自らの意思で発声しているわけではなさそうだ。ジャッカが先ほど説明していたように、ジェントル本人の意識は混濁していて、代わりに罪の本が彼の過去を語ろうとしているのだ。

他の囚人たちも最初は困惑していたが、だんだんと状況が呑み込めてきたようで、ジェントルの言葉の続きを全員が待つ。私も黙って事の成り行きを見守った。

ジェントルは静かに語り出す。
それは罪の本に記述された彼の過去。
ヒトゴロシになるまでの過程。
始まる。
私の、看守としての、初めての裁定が。
こちらを振り返ったジャッカは楽しそうに角を揺らして、ささやくようにつぶやいた。
「ジェントルの罪の全てを知ったあなたは、彼のことを赦せるかしら？」

罪の本　ジェントル

囚人名「ジェントル」
罪名【悦楽の罪】
記述内容を開示。

消毒液の独特な匂い。

歩くとささやかな弾力で押し返してくるリノリウムの床。

清潔に保たれた真っ白な空間。

日常とはかけ離れた入院棟の異質な雰囲気にも、だいぶ慣れてしまった。

個室の窓から射《さ》し込《こ》む陽光だけはいつも暖かくて、晴れている日は必ずカーテンを開けるようにしている。

僕の定位置はベッドの脇に置かれた椅子。

そこに腰かけて、時折、ベッドで眠り続ける妹へと声をかける。

「今日は学校の子が見舞いに来てくれるそうだよ。さっき連絡があったんだ」

自分以外の誰かが妹に会いに来てくれることはとても嬉しかった。妹を心配してくれる人間がいることを再確認できるから。

妹はもう一週間、ずっと眠り続けたままだった。

家族は両親と僕、妹の四人だったけれど、両親は初日に入院手続きを済ませた後、顔を見せていなかった。

うちはあまり裕福な家庭じゃない。僕は奨学金を受けてなんとか大学に通うことができたが、目を覚まさない妹のために、治療費や入院費を捻出するのは容易なことではなかった。今、この瞬間も両親は働いている。入院した妹のそばにいる時間はない。

元々、両親は共働きで忙しく、僕は小さな頃から愛情を注いでもらった記憶がほとんどなかった。部屋の隅にぽつんと座り、時計の針が進んでいくのをひたすら眺めているような子供だった。

家での両親はいつも疲れた顔をしていて、最低限のやりとりしかしなかった。だから家族の中で、妹だけが僕の気持ちを明るくしてくれる存在だった。

だからといって僕は両親を非難するつもりは全くない。結果的に大学まで通えているのだ。とても感謝している。

ただ、他の家庭よりも両親と接する時間が少なかったから、少し距離があるというだけだ。その代わり、僕は妹と二人で過ごす時間が長かった。

包み隠さずに言うと、僕は妹を溺愛していた。

友人たちには日頃から「シスコンだ」と冗談交じりにからかわれていたけれど、それを恥ずかしがらず「そうだと思うよ」と笑い飛ばしていた。

普通なら親との間で育む必要がある家族の愛情というものを、僕は妹を可愛がり、兄として世話をすることで補っていた。

妹とはよく会話をするし、一緒に出かけることも多かった。妹は僕が人間として成長していく中で精神的な支柱となってくれていたのだ。

だから。

妹が目を覚まさなくなった今。

大切なものが自分の手からこぼれ落ちていく感覚が、ずっと消えない。

病院のロビーに設置された大きなテレビで、通り魔による連続殺人事件のニュースが流れていた。ちょうどこの近辺で発生しているらしい。

今もよく、温かい湯気が昇る食卓を思い出す。

夕食の時間までに両親が帰ってくることは稀だった。妹には愛情のこもったものを食べてもらいたくて、だから僕は自然と料理の仕方を勉強するようになった。

中学生の頃には、もうすでに自分で納得のいく料理を作れるようになっていた。そのことを話すと大抵、周囲の男友達は驚いた。しかし料理の腕の巧拙は結局、回数をどれだけこなしたかで決まる。日常的に料理と向き合う必要があれば、誰だって一定のレベルまでは上達するはずだ。

小学生の頃の妹の好物はハンバーグだった。それも手作りのもの。一度、野菜のパーツを組み合わせて笑顔の形のハンバーグを作ったことがあった。それ以降、妹はすっかりそれを気に入ってしまったようで、結構な頻度でリクエストされる。出来合いのハンバーグを買ってくるのであれば食卓に出すのは簡単なことだったが、タネから自分で作るとなるとなかなかに手間がかかる。

だけどそんなこと、全く苦じゃなかった。

出来上がったハンバーグの皿を目の前に置いた時の、妹の輝いた瞳。湯気に包まれた無垢《むく》な笑顔。実際に口に運んで「おいしい！」といつもより大きな声を出す彼女を見ていたら、ハンバーグを作る労力のことなんてすぐに忘れてしまう。

妹もその時の温かな空気を心のどこかで覚えているのか、大きくなってからもたまに笑顔の形のハンバーグを作ってほしいとせがまれることがあった。

僕は頼まれるたびに小さい頃を思い出しながらハンバーグを作った。僕にとって、そうやって妹と過ごす時間は何よりも大切だった。

一日、また一日。

時間だけが過ぎていく。

妹が眠りについてから二週間が経過した。

医者は「もう目覚めることはないかもしれない」と僕に言った。

「そんなことありませんよ」と僕は笑顔で返した。

異常なものを見るような目をされた。

でも、異常なのは妹が目覚めないこの世界の方だ。誓って僕の方じゃない。

………………。

いや、本当はわかっている。

妹が今後、目覚めることはないのだろう。

肉体的にも、そして精神的にも。

——自殺未遂だった。妹が眠りについた理由だ。

その現場を発見したのは僕だった。いつものように大学から帰宅し、家にいるはずの妹の気配が全くしなかったため、部屋を訪れて、発見した。

この世界から消えようとした妹は自殺に失敗したことで、中途半端に存在を残したまま、二度と目を覚まさない身体になってしまった。

僕はずっと、妹のことを一番に考えてきた。この状況で僕が取るべき最適解はなんだろう。ふと、自分にそう問いかけてみた。幾分も経たないうちに結論は出る。

というよりも、最初から出ていた答えをもう一度確かめただけにすぎなかった。

——殺してあげるべきだ。

こんな考えがすっと出てくる僕はおかしな人間だろうか。いや、ただの妹思いの兄だ。妹はこの世界から消えることを願った。なら、その願いを叶《かな》えるために動く。それこそが妹を精神的支柱に据えた僕という人間に根づく考え方だった。

ネットニュースで、例の通り魔の事件が取り上げられていた。被害者たちは執拗《しつよう》に何回も刃物を突き立てられた姿で発見されているらしい。

これは快楽を得るための殺人だ、とどこかの専門家がコメントを出していた。

刃渡り二十センチのコンバットナイフをネット通販で購入した。

あまりにも凶悪で殺意に満ちたそのフォルムを見たら、なんでわざわざそんな得物を選んだんだ、と多くの人が言うだろうと思う。

でも、手を抜いた殺し方を選択するわけにはいかなかったのだ。

もし不運にも、また妹が生き残ってしまうようなことがあれば、今度は誰が妹を殺そうとしてくれるだろう。失敗すれば僕は捕まるだろうし、そうしたらもう誰も妹の願いを叶えてはくれない。そんな悲しい結末だけは、絶対に避けなければならない。

そう考えると、このコンバットナイフはとてもいい。これを首に振り下ろせば、全てが一瞬のうちに終わる。

穏やかな陽光が窓から射し込んでいた。僕はいつも通り優しく笑みを浮かべ、ベッド脇の椅子に座り、ナイフを取り出した。

「辛《つら》かっただろう？　僕が終わりにしてやるから」

鈍く輝く刃が下にくるように、ナイフの柄を強く握る。

そして僕は、その手を力いっぱい振り下ろした。

だけど。

ナイフの刃は妹の首元数センチのところで止まっていた。

邪魔が入ったわけじゃない。自分で無意識にナイフを制止させてしまったのだった。

「……なんで。僕は、お前を、殺してやるつもりだったのに」

なぜか頬が濡れていることに気づいて、僕は手の甲で拭った。

「涙？」

僕はやるべきことをやるつもりだった。

でも、できなかった。代わりに涙があふれて止まらなかった。

その時になって、認めるしかなくなった。

妹が自殺未遂を起こした現場を発見したあの時から、僕はすでにおかしくなっていたのだと。

通り魔は、まだ捕まらないようだ。

僕は妹の見舞いに訪れるたび、優しい言葉をかけ、帰り際にコンバットナイフを首すれすれに振り下ろすというルーチンを繰り返した。

死んでほしいのか、生きていてほしいのか。もうわからなくなっていた。

その一連の行為を繰り返していくうちに、僕は自分の心の中に歪《いびつ》な感情が芽生えつつあることに気づいた。

ナイフを振り下ろす瞬間、ひりついた快楽が僕を襲うようになっていたのだ。

生きているものを殺そうとする、普通の日常生活では味わえない感覚。それが少しずつ快感に変わって、僕の脳を汚していく。

今は殺す寸前で手を止めているけれど、そのまま殺すことができたなら、もっと大きな快楽に身を浸すことができるかもしれない。

ああ、認めよう。

僕は人を殺してみたくなっていた。

そういう性質を生まれ持っていたのか。妹がいなくなっておかしくなったせいなのか。

どちらであるかはわからない。

普段ならこうなる前に妹が止めてくれていたと思う。

だけど僕を止めてくれる人はもういなかった。心は蝕まれていくばかりだった。

――このままでは、本当に妹を殺してしまう。

最初からそのつもりだったはずだ。

だけど、それだけはダメだと僕の心の一部が叫ぶ。その正体はナイフをいつもギリギリで制止させる、僕の中の善性とでも呼ぶべきものだろう。

その日。

僕は妹の前でナイフを取り出さず、懐に忍ばせたまま、病院を後にした。

殺人衝動が抑えられそうになかった。いつも通りにナイフを振り下ろしていたら、刃は妹の喉を裂いていただろう。

でも、無事に病院を出ることができた。これで妹を殺すことはない。

頭の中を殺人衝動が無遠慮に駆け回る。いよいよダメかもしれないと思った。


「あはっ」


妙な笑い声が聞こえて、僕はふと我に返った。

短い午睡から覚めたような気分で一瞬、状況が理解できなかった。

暗い夜道。街灯が僕を照らしていた。

血塗《ちまみ》れの手がそこにあった。

妹を殺すために買ったコンバットナイフが真っ赤に染まっていた。

頸動脈から血を噴き出している、知らない誰かの死体がそこにあった。

僕はそんな残虐な現場を前にして、これ以上ないほどの高揚感に包まれていた。強烈な殺人衝動を抑え続けた結果、僕は意識さえも朦朧《もうろう》とした状態で人を殺してしまったらしい。

だが後悔はなかった。代わりに気づきがあった。

やっぱり、人を殺すのは、気持ちいいことなんだ。

少し離れた暗がりに二十代くらいの女性が青ざめた顔をして立っていることに気づく。

だがこんな現場を前にしても逃げる様子がない。

おかしいな、と思って声をかけようとする。しかし意外にも女性の方から話しかけてきた。

「あの……ありがとう、ございます」

「ありがとう？」

お礼を言われる心当たりはなかった。女性は死体を指さして続ける。

「いきなり刃物を持ったその人に襲われて……。あなたが助けてくれなかったら、きっと殺されていたと思います。その人――たぶん今、ニュースで取り上げられている通り魔、ですよね」

ああ、なるほど。

ようやく合点がいく。

僕は他人から見ると、自分の快楽を求めた殺人者ではないらしい。

自分の快楽を求めた「通り魔」から女性を救うため、仕方なく犯人を殺してしまった「一般男性」なのだ。

目の前の女性はどうするべきか迷っているようだ。助けてもらったとはいえ、結果的には殺人の現場を目撃したことになる。

「通報して構いません。僕は全てを受け入れるつもりです」

被害者の女性に精神的な重荷を背負わせるべきではない。だって。

僕はもう十分に楽しんだのだから。

女性は勢いよくぺこりと頭を下げて、走り去っていった。

どこか安全な場所まで行って通報するつもりだろう。二人きりのこの場所で、目の前の殺人者を通報する胆力は僕にだってない。

「それにしても……」

路上に血を飛び散らせ、無惨に倒れた通り魔の死体を見下ろして。

「通り魔も、たまには人の役に立つじゃないか」
そう、ぽつりとつぶやいた。

僕は返り血が多く付着した上着を脱ぎ、近くの植え込みの中に丸めて隠した。ズボンにもいくらか血液が飛んでいたが、色が黒だったため、夜闇ではあまり目立たない。だからもう気にしないことにした。

理由はどうあれ、街中で無計画に殺人を犯した以上、長く逃げられるはずがない。最後にもう一度だけ。

妹の顔を見たいと思った。

病院に戻る途中で捕まらなければいい。

面会時間は過ぎていた。僕は強引に入院棟に押し入った。当直の看護師たちにナイフを突きつけて脅し、妹の個室に近づくなと言った。

妹の個室を夜に訪れるのは初めてだった。

僕はいつもの癖でカーテンを開けて、この時間は暖かな陽光が射し込まないことに気づいた。窓の外。空には月が浮かんでいた。

僕は電気をつけず、月光で仄かに照らされた病室の中で、いつもの定位置の椅子に腰かけた。

眠っている妹の顔はひどく痩せこけていた。

本当なら僕が終わらせるべきだった。

でも無理だ。僕が完璧におかしくなっていたら成し遂げられただろう。でも、いらない善性が邪魔をするのだ。そしてその善性でさえ、通り魔を殺すきっかけになってしまった。

もう何がなんだかわからない。僕は中途半端な人間に成り下がった。

警察車両のサイレンが遠くから聞こえる。看護師たちが通報したのだろう。

僕はしばらく妹の顔を見つめていた。そのうちに部屋の外が多数の足音で騒がしくなる。

部屋から出てこい、と怒鳴る声が聞こえた。

嫌だ。僕はここを動く気はない。

警告を無視し続けて、どれくらいが経っただろう。

突入命令が下ったのか、唐突に警察の人間たちがなだれ込んできた。

僕を取り押さえようと数人が駆け寄ってくる。

あいにくだけれど、簡単に捕まる気はない。

そうして僕は、血に濡れたコンバットナイフを再び取り出した。

6

「囚人『ジェントル』——本名、白波涼一郎《しらなみりょういちろう》。その罪の開示を終了する」

ジャッカの声がやけにはっきりと耳に届いた。

彼女の声は、ジェントルの語りに聞き入っていた私を現実に引き戻した。真っ白な円卓の中央。開かれていた罪の本がひとりでにぱたりと閉じる。

「白波、涼一郎……」

私は初めて明かされたジェントルの本名をゆっくりとつぶやいた。本当の名前が開示されたことで、目の前のジェントルという人物がより生々しい質感を持った気がする。

自らの罪を語り終えた彼は、また放心状態に戻って沈黙を貫いている。

他の囚人たちは動揺し、顔を強張らせていた。その気持ちはよくわかる。私たちに開示されたのは、殺人犯が人を殺すまでの正常とは言いがたい思考過程。正直、胸焼けを起こしそうだった。

だが一方で、あそこでジェントルが通り魔を殺さなかったら、代わりに罪のない女性が殺されていたことも見て見ぬフリはできない事実だ。

看守に求められていることを、今、真に理解した。

──『赦す』か、『赦さない』か。

快楽のために殺人を犯したジェントルを赦すことはできない。

だが彼は結果的に女性の命を救った。

そして死んだのは、何人もの命を奪った凶悪な連続殺人犯だ。

どの部分を重視し、評価するか。それは看守である私に委ねられている。

「罪の本は役目を終えた。白波涼一郎に全ての記憶が戻る」

感情が一切読み取れない声色でジャッカは事務的にそう告げた。瞳に光がない。その様子を見ていると、彼女に普段感情があるように見えているのはフェイクで、この無機質な道具のような姿が本当のジャッカロープなのではないかと勘繰ってしまう。

ジェントルの瞳から紫色の怪しい輝きが消えた。

同時に彼は自分の意識を取り戻したようで、目元や頰を大きく歪め、額を押さえる。

「……思い、出した。罪の本に書かれていたことも、それ以外のことも、全部」

声を震わせるジェントルにジャッカが近づいていく。慰めの言葉の一つでもかけるのかと思いきや、淡白な口調を維持したまま、彼女は言う。

「全ての記憶を取り戻した囚人には、以降の言動に制限が設けられる。この監獄の環境を著しく破壊する発言・行動を試みた場合、その言動を取りやめる意思を確認するまで、ミルグラムは一時的に囚人の呼吸を停止させる」

警告の意味がわからなかった。この監獄の環境を著しく破壊する。そんな言葉や行動が存在するのだろうか。

ジェントルは私や囚人たちを見回して、かすかに怯《おび》えるような表情を浮かべた。彼の低い呻《うめ》き声《ごえ》がかすかに響く。

「僕が取り戻した記憶が確かなものだとしたら、この監獄はなんなんだ……？　明らかにおかしいだろう、だって――」

ジェントルが弱々しい語気で何かを口にしかけた時、ぐっと彼の喉から大きな異音がした。瞳が大きく見開かれ、彼は必死に空気を吸おうと口を開閉させる。

呼吸ができていないようだ。

「制限に抵触しているわ、ジェントル。記憶を取り戻した今、言いたいこともやりたいこともあるでしょう。しかしミルグラムはそれを許可しない」

ジャッカは言い聞かせるようにそう告げた。その数秒後、ジェントルの呼吸が荒々しく再開する。

「はぁ、はぁっ……！」

彼の胸が大きく上下し、大量の空気を肺に取り込んでいく。ジェントルはしばらく呼吸に集中し、ある程度息が整ってからつぶやいた。

「……この監獄のやり方は理解した。わかったよ、もう僕は制限に違反しない」

「それでいいのよ」

その回答にジャッカは気を良くしたのか、角を左右に大きく振った。

二人の間では会話が成立しているようだが、私や他の囚人は何のやりとりが行われているのか全くわからない。

依然としてパノプティコンにいる全ての人間の視線はジェントルに集中していた。今まで黙っていた囚人たちが次第に口を開き出す。

「ジェントル、嘘だろ？　さっきの……作り話だよな？」

頬をひきつらせたツーサイドがあくまで明るく装ってジェントルに話しかける。しかしジェントルは何も答えない。

「本当だとしても、ジェントルさんは女性を救ったんです。わたしは……その、責められません」

ナーバスは消え入りそうな声でジェントルを擁護する側に立つ。

「ツー、ナーバス、騙《だま》されちゃダメ。ジェントルは結局、快楽目的の殺人者よ。たまま殺した相手が通り魔だったってだけ。目の前にいたのが普通の人でも、きっと殺してたと思う。コイツも結局、通り魔と同じで歪んだ精神の持ち主なのよ」

クロースは冷ややかな言葉をジェントルに突き刺した。

「――こいつは本当の『ヒトゴロシ』。赦す余地なんてない」

「……」

そう断言したクロースのことをジェントルはただ黙ったまま、悲しそうな表情で見つめていた。代わりにくっくと嫌らしく笑って口を開いたのはジャッカだ。

「あら、クロース。ずいぶん言うのね。同じヒトゴロシなのに」

「あたしをあんなのと一緒にしないで！」

反発して叫ぶクロース。騒然とするパノプティコンの中で、私はみんなのやりとりを静かに聞いていた。非難、擁護、どちらの意見も理解できる。ジェントルの罪はどの観点を重視するかで、容易に結論がひっくり返る。囚人たちの間で意見が割れるのは当然だった。

「ミルグラムがやりたいこと、少しわかった気がする」

私はぽつりとつぶやく。

既存の法律に沿って裁けば、納得できない人間が出てくる事例。それらを扱い、看守の主観で罪の『赦す』『赦さない』を再定義する。

最初に比べれば、ジャッカがやりたいことはそれなりに理解できるようになった。

「いい傾向ね、エス。それでは囚人尋問に移りましょう」

「尋問？　ここで私が結論を出すんじゃないの？」

ジャッカはふりふりと小さな頭を左右に振って否定する。

「罪の本だけではまだ裁定を下すには不十分。これからエスには尋問室に移動して、囚人への尋問をおこなってもらうわ」


尋問室は、看守部屋へ続く廊下の中ほどに位置している。

刑事ドラマで見るような、事務机を挟んで対面する形のステレオタイプな部屋だ。

そこで私とジェントルは向かい合ったまま、お互いのことをじっと見ていた。

机の上にはジャッカがちょこんと座っている。だが可愛らしい見た目に騙されてはいけない。彼女は私たちのやりとりを監視するために、ここにいるのだろうから。

「それでは、看守による囚人尋問を開始する」

ジャッカはそう言ったきり口を開かない。あくまで尋問を主導するのは私のようだ。

「ジェントル。まず確認させて。記憶は全て戻ったんだよね？」

「ああ、全部元通りだよ」

囚人たちが騒ぐパノプティコンでは、後半口を閉ざしていたジェントルだが、尋問にはきちんと応じてくれるようだ。

「じゃあ記憶が戻った今、あなたは自分自身やその罪について、どう思っている？」

「……皮肉な話だよ」

少し考える間があってから、ジェントルは重そうに口を開いた。

「罪の本が開くまでは記憶を取り戻したいと思っていたし、この監獄から出たいと思っていた。だけど今はそんな願望、どこかに消え失せてしまった」

目の前で話すジェントルは、自らが犯した殺人の記憶を取り戻したヒトゴロシのはずだ。でもその態度は、私たちに夕食を作ってくれた時の穏やかな彼と何も変わっていないように思える。

いっそわかりやすく乱暴な態度にでも変わってくれたら、判断もしやすいのに。

「罪の本を通して語ったことは真実だよ。僕は妹を愛していたし、殺そうとしたし、最終的には通り魔を殺害した。妹の願いをこの手で叶えることはできず、挙句にはこんな場所に連れてこられた哀れなヒトゴロシ。それが僕だ」

「妹さんはその後どうなったの？」

「……さあ、わからない」

逡巡して、それからジェントルはくしゃっと顔に皺《しわ》を寄せた。

「記憶を取り戻した今なら言える。この監獄はまともじゃない。ここにいる人間たちもまともじゃない。もちろん君も――」

ジェントルが徐々に早口になっていく。ジャッカの瞳がジェントルの方をぎょろりと向いた。私はまた彼の呼吸が止められることを恐れて強引に遮る。

「――落ち着いて、ジェントル。この状況がおかしいことは私だってわかってる」

そう言った私に、彼はなぜか憐憫《れんびん》の視線を向けてきた。

「そうじゃない。そうじゃないんだ……」

「いきなり記憶が戻ってジェントルは混乱してるんだよ。一度、落ち着いて。深呼吸をしよう」

ジェントルは私の指示通り、大きく息を吸ってからしっかりと椅子に座り直す。

「……悪いね。取り乱してしまった。それでエスは何を知りたい？」

「ジェントルは自分のしたことが赦されると思う？」

「エス。それは僕に聞いても意味のないことだよ」

「どうして？」

「僕は、赦されたとしても赦されなかったとしても、どちらでも構わないからさ。『犯行に及ぼうとした通り魔を殺害した』。それだけが事実。僕は結果として快楽を得たし、通り魔に狙われた女性は助かった。そして僕は妹を殺すことができなかった。僕にとって大事なのは一番最後だけだ。あとは結果論でしか語れない」

何か言い返すべきだと思った。けれど、何を言えばいいのかわからない。

ジェントルは赦してもらおうとしていない。ただ妹のことだけを考えている。そもそも議論にならないのだ。

「殺人に焦点を当てるのなら、僕の動機次第で結論は変わるんじゃないかな。僕は無意識のうちに女性を助けようとしたのかもしれないし、ただ殺人衝動を満たすチャンスだと思っただけかもしれない。あるいはその両方か。実のところ、どれが本心なのか僕にもわからない」

「自分のことなのに？」

そんなことがあるのだろうか。

「自分のことなんて、案外みんなわかっていないものだよ。わかっているふりをしているだけだ」

ジェントルは一呼吸おいて、続けた。

「だから結論は君に任せるよ、エス」

重い。ここに来て初めて、看守が背負う責任の重みを感じた。

ジェントルの行いを擁護することは簡単だ。だけど殺人を赦すことは簡単ではない。彼は通り魔のことを殺さずとも、その犯行を止めることができたかもしれない。そう考えると、彼はやはり自分の欲求を満たしたかったのだろうか。

でも素手で止めようとしていたら通り魔に抵抗され、逆にジェントルが刺されてしまっていた可能性だってある。

考えても明確な正解など見つからない。そもそも存在しないのだから。

「でも、一つだけ言えることがあるよ」

ジェントルは悩む私を正面からまっすぐに見て言った。

「この監獄は異常だ。でもここに来られたことは、僕にとって幸せなことだった」

発言の意味が上手く理解できなかった。しかし、そんな私を置いてきぼりにして、ジェントルは今までで一番優しく微笑み、言った。

「だってもう一度、ハンバーグを作ることができたんだから」

「それってどういう意味――」

私が困惑しながら聞き返した時。

「――囚人尋問の制限時間、終了よ」

ジャッカがその小柄な身体で、私とジェントルの間に立ち塞がった。

「ジャッカ。もう少しだけ質問をさせて」

「監獄の決まりは看守であろうと絶対。それとも逆らって、あなたも呼吸を止められたいのかしら？　囚人しか呼吸停止させられないと認識しているなら、それは都合のいい思い込みにすぎないわよ」

「……わかった」

引き下がるしかなかった。ジャッカの警告はおそらくハッタリではないだろう。ミルグラムは看守のことも管理、そして監視している。指示を無視する看守を制御する方法は当然用意してあると考えるべきだ。

納得はしていない。だがどうすることもできない。

「エス。君の思う通りに裁定を下してくれれば、僕はそれでいい」

ジェントルはそう言い残すと、先に尋問室を出ていく。彼の言葉の真意はいくら考えてもわからなかった。

7

パノプティコンにはいつも以上に息の詰まるような閉塞感が漂っていた。

私とジェントルを含め、囚人全員が円卓についている。みんな、私が下す裁定を待っている。集中する視線が閉塞感を際立たせていた。

ここで示す私の考え方や裁定基準が今後、他の囚人たちにも適用されていくのだから、全員が注視するのも無理はない。ジャッカはいつも通り円卓の天板中央に立っていた。

彼女は私を一瞥してから囚人たちに告げる。

「これより、看守から囚人『ジェントル』への裁定が下される」

張り詰める空気。息苦しい。だが覚悟を決めるしかなかった。ジャッカが私を正面からまっすぐ見つめる。

「さあ、看守エス。あなたは囚人名・ジェントル、本名・白波涼一郎を『赦す』？　それとも『赦さない』？」

「私は――」

やはりどんな理由があっても、殺人を容認することはできない。それに通り魔を殺した時のジェントルは心の底から楽しそうだった。

そんな人間を、私は……。

「エス、一つだけ忠告よ。看守の決定は覆せない。後悔しても時間は巻き戻らない。あなたが下した裁定の責任は、全てあなたが抱えることになる」

そんなこと、わかってる。

その上で裁定を下すのだ。


「私はジェントルを――『赦さない』」


けれど、私は自分が背負わされた重責をまだ完全に理解していなかった。囚人を『赦さない』とした場合、何が起こるかまで気が回っていなかったのだ。

「看守の裁定を正式に受理」

ジャッカがそう言ったのと同時。

円卓の中央に置かれたままだった、ジェントルの罪の本の黒表紙に《Guilty》の赤い文字が浮かび上がった。

「有罪となった囚人に対し、粛清を発動する」

無感情のジャッカの言葉の中に聞き慣れない単語が混じっていた。

「……待って、『粛清』？」

理解が追いつかない私がそうやって声を上げた時だった。闇に包まれたとても高い天井。そこから何か機械的な作動音がして。

次の瞬間。

天井からものすごい勢いで落下してきた巨大な十字架が、真下に座っていたジェントルの身体を串刺しにした。

「――え？」

大量の血飛沫が周囲に激しく飛散し、私の顔にもべったりと付着する。他の囚人たちも血に塗れ、真っ白な円卓は新鮮な明るい赤に汚される。

縦三メートル、横幅一メートルほどの十字架。その下部は錐のように鋭く研ぎ澄まされており、ジェントルの背中側の肩甲骨から胸にかけて綺麗に突き刺さっていた。

即死だ。

彼の内臓が飛び出し、床にべちゃりと落ちる。

……鼻の奥をツンと刺す臭いが、部屋の中に充満していた。

それはジェントルの体内から噴き出した血の匂いに他ならない。その場にいた全員が目の前で起こった事態をすぐに認識できず、ほんの少しの間を置いてから。

――囚人たちの絶叫が、一斉にパノプティコンを満たした。

ツーサイドは椅子から立ち上がり、死体から大きく距離を取って、自分の身体に付着した血を必死に拭おうとしている。

クロースは椅子に座ったまま、外界を遮断するように強く目を閉じ、星形のペンダントを握り締めて震えていた。

ナーバスは吐き気を催したようでとっさに口元を手で押さえたが、その隙間から吐瀉《としゃ》物《ぶつ》がこぼれ落ちた。

トーチだけはあからさまな動揺こそ見せなかったが、それでも不快そうに眉をしかめていた。

これが、私の裁定が導いた結果だった。

赦されなかった囚人は粛清を受け、凄惨な死が与えられる。

ジャッカロープがそのルールの存在を黙っていたのは、より効果的な形で、私たちにこの監獄に閉じ込められていることの意味を理解させたかったからだろう。

今まではどこか「ごっこ遊び」のような感覚があった。看守と囚人が親しく話して、食卓を一緒に囲み、温かい雰囲気さえ生まれていた。

だが、そんな甘い関係性はこの瞬間、決定的に失われた。

私が気配に気づいて囚人たちにバッと目を向けると、トーチを除く全員が畏怖の視線でこちらを見ていた。

私の裁定次第で、自分も同じように死ぬ。

彼らはそう認識したはずだ。

この瞬間を以て、本当の意味でミルグラムが稼働し始めたことを知る。

強権を与えられた看守と裁きを待つ囚人。

みんな、己の立場を嫌でも自覚させられ、監獄内の関係性が音もなく再編されていく気配を感じた。

その中で満足げな存在が一匹。

「ご苦労様、エス。最初の裁定にしてはなかなか良かったわよ」

こんな状況でも明るく楽しそうに話すジャッカロープに対し、私はひどく恐怖を覚えた。

ジャッカロープの報告1

明かりの消えた監獄の一室。

エスの推測は正しかった。監獄ミルグラムの中にはジャッカロープを鍵として開閉する隠し扉が複数存在した。看守や囚人はその存在を把握できない特別な場所。そこにいるのは当然ジャッカロープだ。

壁に設置された大型ディスプレイがまばゆい光を放っていて、彼女の姿は闇の中で不健康に青白く照らし出されている。

「白波涼一郎に対する裁定が下されました。結果は有罪。粛清によって対象を処理。エスは看守として順調に成長していると判断します」

ジャッカロープから報告を受け、ディスプレイの向こうで誰かがため息をつく。

「オマエ、それ本気で言ってんのか？」

聞こえてきたのは、横柄な口調の男の声。

「……何か、問題が？」

ジャッカロープは高圧的な男の発言に、少し苛立《いらだ》ちを覚えたように返す。

「エスの思考過程の報告書は読ませてもらった。だが、ヤツにはどうにも思慮深さが足りねえ」

「というと？」

「一言でいえば、まだまだ『考えなし』ってこった。看守として未熟すぎる」

男はエスの思考過程に不満を持っているようだった。

「白波涼一郎、哀れなヤツだよ。アイツがヒトゴロシになった直接の原因は、溺愛していた妹が自殺未遂を起こしたことだ。そしてヤツの妹を何がそこまで追い詰めたのか。エスはその辺りの事情を調べないまま裁定を下した。事情を知れば判断が変わる可能性があったのに、だ」

「ですが、それは……」

「そもそも、オレ様は今回の実験には反対なんだよ。本来ミルグラムは完璧で無機質な『システム』であるべきだ。囚人には極力干渉するべきじゃねえ。今回はオマエの提案で試験的にやることにしたが……結果次第じゃ、内容の軌道修正も覚悟しておけよ？」

一つ、咳払《せきばら》いをした男は続ける。

「いずれにせよ、粛清が行われたことで監獄のヤツらの意識は一変したはずだ。引き続き、監視と分析を進めろ」

「はい、それは確実に」

「なら、今日はこれでお開きだ。そんじゃな」

　言いたいことを一方的に告げた男との通信は切断され、ディスプレイの電源も自動で落ちる。部屋は暗闇で満たされて、ジャッカロープの姿は目視できなくなった。

8

ジェントルに裁定を下してから、一日が経過していた。

ミルグラムの空気は重く冷たい。囚人たちは割り当てられたパノプティコンの牢屋で寝起きし、私は円卓から彼らのことをぼんやりと眺めていた。

裁定を終えた後、私たちは身体にはねたジェントルの血を流すため、ジャッカの指示でバスルームへと送られた。目を疑ったのは、血を洗い流し、陰鬱な気持ちを抱えた私がパノプティコンに戻ってきた時のことだ。


——ジェントルの死体と痕跡が全て消え去っていた。


どんなに目を凝らしても染みさえ見つけられない。粛清前と違っている点といえば、破壊されたジェントルの白椅子がなくなっているくらいで、ちょっと前にあんな惨劇が起こったとは思えないほど元通りになっていた。

まるで全く同じ間取りの、別の部屋と入れ替えたような不気味さがあった。

だがジェントルの見るに堪えない死体が跡形もなく消えたことに全員が安堵している

のは、言葉を交わさずとも手に取るようにわかった。

ツーサイド、クロース、ナーバスの三人はまだショックが抜けきらないようで、監獄内をうろつくこともなく、牢屋のベッドで横になっている時間が長かった。

あれ以来、食事は食堂に備蓄されたインスタント食品を各自で持ち出して食べている。自分たちで作るという選択肢はなくなった。嫌でもジェントルのことを思い出してしまうからだ。

みんなで温かい夕食の時間を過ごしたのが嘘だったみたいに、私と囚人たちの間にはほとんど会話がなくなった。だがそれは当たり前だ。余計なコミュニケーションを取ることで、もし私の怒りを買ってしまったら、それは囚人たちの死に直結しかねない。

もちろん私はその時の気分だけで安易に結論を出すようなことは絶対にしない。

だが「絶対にしない」と信じられるのは私が私であるからであって、囚人たちが私の思考を全て把握できない以上、警戒されるのは当然のことだと思う。

……自分の裁定は間違っていなかった。

今思い返しても、私の結論が変わることはない。だがあんな粛清を望んだわけじゃなかった。正直、もうこんな思いはしたくない。

これからも同じようなことが繰り返されるのだとしたら、私は自分の考えを曲げてでも、囚人たちを赦してあげるべきなんじゃないだろうか。

「――あなたが今、何を考えているのか当ててあげましょうか？」

気づくと、ジャッカが円卓の上をちょこちょこと歩いていた。

「残りの囚人全員を無条件で赦せば、誰も辛い思いをせずに済む。そんなところでしょう？」

これ以上ないほどに的確な指摘だった。しかしこれはジャッカが私の思考を読んだとか、そういう類のものではないだろう。私にはある予想があった。

「……今までの看守たちがそう言ったんだね」

「勘がいいわね。ミルグラムの看守が他にもいたことは明言していなかったと思うけれど」

罪の書架に保管された大量の罪の本。あれがただの飾りじゃないのだとしたら、似たようなことが今までも繰り返されてきたことになる。

それも、一度や二度ではないはずだ。

「エスの想像通りよ。ミルグラムの看守は過去、他にも大勢存在した。そして看守たちは初めて囚人が粛清を受けた時、みんな口を揃えて同じようなことを言った。『無条件で囚人を赦してはいけないのか』と」

かつての看守たちも自らの判断が引き起こした結果に苦しんだのだろう。

ちょうど今の私と同じだ。

「まともな思考を持っていたらみんな同じことを考えるはず。……でもこうやってジャッカが釘を刺しにきた時点で、それがダメなことだってこともなんとなくわかった」

ジャッカは警告しにきたのだ。私がここで立ち止まらないように。

「話が早くて助かるわ。ミルグラムにおいて看守の思考放棄は許可されない。思考を放棄して結論を決定することと、自分の考えに基づいて結論を決定することの間には雲泥の差がある」

「もし、警告に背いたら？」

本気で質問したわけじゃない。そのことはジャッカも十分理解しているようで、くすっと笑ってから答えた。

「アタシがこの手で看守に粛清を与える」

「なるほどね」

この監獄に連れてこられた時点で私に拒否権などない。わかっていたはずだ。

私はこれからも囚人に裁定を下し続けなければならない。

それがどんな地獄を招いたとしても。

結局、自分の身の可愛さから、看守という仕事を続けてしまうのだから、私の本質も「ヒトゴロシ」とさして変わらない気がした。

自分の身を守るためなら、誰かを殺してもいい。

穿《うが》った捉え方をすれば、看守を続ける私をそういう風に表現することだってできるのだから。

罪の本を開くための条件は、囚人たちを知ること。

しかし私も囚人たちも、心に負った傷を癒やす時間が必要だった。なかなか囚人たちに声をかけることができず、いたずらに時間だけが過ぎていった。

ミルグラムでの生活も三日目を迎えて、ようやく状況は動き出す。

「……エスが罪悪感を覚える必要はないよ」

久しぶりに声をかけてきたのはクロースだった。私は白椅子に座ってジェントルが粛清された時の光景を思い出していた。そんな私のことを心配するような声色だった。

「あたしはエスの判断は正しかったって思ってる。ジェントルは結果として女の人を救ったけど、人を殺すことに快感を覚えてたのは事実。エスがあいつを赦してミルグラムから解放していたら、きっとまた別の人間を殺してたよ。次こそはきっと何の罪もない人が襲われてた」

複雑な面持ちでクロースは所々声を詰まらせながら言葉を紡いでいく。私の判断を肯定してくれているが、心の中に激しい葛藤があることは、彼女が無意識に星形のペンダントを握り締めていることからわかった。

「ジェントルは赦しちゃいけない『ヒトゴロシ』だった。妹さんのことは同情するけど、それでも……」

「クロース、もう大丈夫。ありがとう。励ましてくれて」

これ以上、彼女に負担をかけることは憚られた。だから、私はそっと会話を打ち切る。

クロースに私の行いを肯定するメリットはない。それでも声をかけてきてくれたのは、単に彼女の優しさだと思った。

私が「囚人全員を赦してしまいたい」と考え、ジャッカに釘を刺された時、クロースは自分の牢屋で横になっていた。会話の内容も聞こえていたはずだ。もしかしたらそれが、今まで牢屋に閉じこもっていたクロースを動かすことになったのかもしれない。

私は気合を入れ直すことにした。

決めた。私は看守の任を果たし、全てを終わらせてこの監獄から脱出する。そしてその暁には、この地獄のような施設の存在を世の中に公表してやるのだ。

罪とは何かを新しく定義し直そうとする監獄、ミルグラム。

だがそのやり方はとても容認できるものじゃない。

この腐った監獄に対する裁きは、彼らが忌避する現行の司法システムに委ねよう。

それが一番の意趣返しとなるはずだ。

9

紙の匂いはとても重い。もしかしたら、煙草《たばこ》の匂いよりも。

鼻孔を通り抜けたその匂いは喉に詰まって、私は数回、咳をした。

本を開いた時の香りは好きなのに、密閉された空間にここまで充満していると、ずいぶん違う印象になるものだと思った。

罪の書架。私はトーチに会うため、監獄の最奥部にあるその場所を訪れた。

あの粛清の中、トーチだけは表面上冷静さを保ったままだった。

クロースや他の囚人たちにはまだ動揺が残っている。今の状況で一番、平常時と変わらず会話ができそうな囚人はトーチだと判断した。彼は粛清前と変わらず、罪の書架に通い続けていた。看守の仕事を再開するならば、まずは彼から当たるべきだ。

それに彼がジェントルの死をどう捉えているのかも知りたかった。正直、あのジェントルの死体を前にして、動揺しない人間の方が異常だと思うからだ。

「あれ、エス？」

罪の書架に足を踏み入れた私にかけられた声は、意外にもトーチのものではなかった。

私は驚きで目を瞬《しばたた》かせて、それから小首を傾げる。

「……なんだよ、俺がこんなところにいるのが不思議だって顔して」

不服そうにそう口を尖《とが》らせたのはツーサイド。彼はお世辞にも読書家には見えない。本に囲まれている風景には違和感があって、思わず失礼な態度を取ってしまった。

「ごめん、ツーサイドがいるとは思ってなくて」

「まあ、こういう静かな場所は苦手だけどさ」

じゃあ、何の目的でこんな場所に？　と質問しようとして、私はあることに気づく。

ちょうどツーサイドの身体に隠れていて気づかなかったが、トーチがいつもの椅子に座ってこちらを見ていた。

「トーチと話してたの？」

「ツーサイドが一方的に話していただけだ」

ようやくトーチが口を開く。

「エス。ツーサイドの相手は任せた。正直、面倒だったんだ」

「いや、たまたま会ったから少し話しかけただけじゃんか……」

疲労した様子のトーチと困惑するツーサイド。何らかの目的で罪の書架を訪れたツーサイドが偶然トーチを見つけ、声をかけたら拒絶された。そんな状況だろうと思った。

「それにしても、トーチに会いにきたんじゃないなら、ツーサイドはなんで罪の書架に？」

私がそう訊ねると、ツーサイドは少し苦々しそうに頬をひくつかせてから、本棚のうちの一つに向き直った。

「そろそろ心の整理ができたから会いにきたんだ」

珍しくまだ本で埋まっていない、その本棚の一角には一冊だけぽつんと罪の本が置かれていた。

「それは？」

「ジェントルの罪の本だよ。ジャッカに場所を聞いたんだ」

ツーサイドはそっと、その本に向けて手を合わせた。ジェントルの罪の本は死体やその痕跡と共に消えていた。まさかこんな近くにあったとは。

「俺はさ、思うんだ。ジェントルは確かにダメなことをした。でも、短い間だったけど、一緒に過ごしたジェントルは悪い人間なんかじゃなかった」

目をつむったまま、ツーサイドは続ける。

「たぶんどれも本当のジェントルなんだと思う。全ての面で善い人間なんていないし、全ての面で悪い人間もいない。俺はジェントルが殺人を犯した理由の中には、襲われてた女の人を助けたいって気持ちもあったって信じてる。たとえ本人が否定したって、俺は信じてるよ」

祈りを捧《ささ》げるツーサイドの身体がほんのわずかに震えていることに気づいた。

さっきから違和感があった。

今日のツーサイドは初めて会った時と同じくらい明るく軽い口調だった。あんなことがあった後なのに、不自然なくらいに自然体だった。だけど人間、そんな簡単に立ち直れるわけがない。

ツーサイドは努力しているのだ。なんとかしていつもの自分を取り戻そうと。

「私が怖い？　ツーサイド」

「……怖くないわけがないだろ。でも、エスを恨むのも間違ってるってわかってる。……俺たちの敵は、この監獄だ」

クロースにツーサイド。それにトーチ。残酷な粛清を目にした彼らは、それでも理性的に振る舞い続けている。そこまで利口にならなくたって、怒りと恐怖で喚《わめ》き散《ち》らしたって、誰も責めないのに。囚人たちが複雑な感情の中で苦しむ姿を見るたびに、私自身もこの監獄に対して、どんどんと嫌悪感が増していく。

「それでエスはなんでここに？」

今度は私がツーサイドに質問される番だった。

「トーチと少し話そうと思って。他の囚人たちよりも落ち着いているみたいだったから」

隠す必要もないので私は正直に言う。すると、トーチはうっすらと嫌そうな表情を浮かべた。その反応や今までのやりとりから、彼にもきちんと感情があることは証明されている。

ならば、なぜ。

「――なんでトーチは目の前でジェントルが死んでも、大きく動揺しなかったの？」

投げかけた疑問。それにはツーサイドも興味があるようで、私たちは二人してトーチを見つめる。彼はしばらく顔を背けて無視していたが、面倒くささよりも鬱陶しさが勝ったのか、観念した様子で顔を上げる。

そして彼は、簡潔に答えた。

「ボクには、人間の価値というものがわからないんだ」

人間の価値がわからない。

それが具体的にどういう意味なのか、トーチはそこまで丁寧に教えてはくれなかった。回答義務は果たしたとばかりに、それ以降は徹底的に無視されたのだ。

私は罪の書架を離れ、ツーサイドと一緒にパノプティコンへと戻っていた。

最初はトーチの言葉を繰り返しつぶやき、小さく唸《うな》りながら理解しようとしていたツーサイドだったが、ついに考えることを放棄したのか大きく伸びをした。

「トーチの言う人間の価値って、なんだろうな」

変えないと、トーチの思考は理解できないような気がする。

を推測することは簡単だが、あまり納得できる筋立てではない。もっと根本から認識を

だ時も、他の囚人たちのように錯乱するようなことはなかった。そうやって彼の心の中

トーチはジェントルの命に価値がないと感じていたのだろうか。だから目の前で死ん

「私だってわからない」

軽くため息をつく。それと同時。

何かぬるっとしたものを踏んで、私は滑って転びそうになった。

「エス、大丈夫か？」

隣にいたツーサイドが抱きとめてくれたことでなんとか転ばずに済む。

「え、ええ」

私はほっと胸を撫で下ろし、自分の足でしっかりと立った。

「床に何か変なものがあって――」

私は振り返り、自分が足を滑らせた箇所を観察する。そして奇妙なものを見つけた。

床の広範囲にわたって赤黒い液体が、点々と一本の線を描くように落ちていた。それを踏みつけたせいで、私は足を滑らせたようだ。

「……血、かな？」

「ああ。俺にもそう見える」

よく見ると、私たちの進行方向にもぽつぽつと血痕があった。その量自体は大したことないが、囚人の誰かが出血しているという事実は問題だった。

私は血痕を辿って走り出す。

「お、おい！　何が起こってるかわからないんだ。もっと注意して……っ！」

ツーサイドの忠告を無視して一人で先に進む。異常事態に対して、身体がちゃんと動くようになってきていた。

看守としての自覚が出てきたのかもしれない。しかしそれが歓迎すべきことなのかどうかは別問題だ。


血痕はランドリールームまで続いていた。室内には生活に必要な洗濯設備が揃えられている。囚人服の予備もあらかじめいくつか用意されていた。

私は警戒しながら、ゆっくりとドアを押し開けた。洗剤の清潔感のある香りが漂ってくる。部屋の中にはこちらに背を向けてうずくまっているナーバスがいた。

後ろ姿から察するに、彼女は一心不乱に右手を動かして何かをしているようだ。

「ナーバス」

私は刺激しないように、なるべく穏やかに声をかけた。

「ああ、看守さん」

私に気づいた彼女は静かに立ち上がると、両腕をだらりと下げたまま、こちらを振り返った。

ぼたぼた、と彼女の血が床へと垂れた。

ナーバスの左手首に浅い切創。そこから手、指先を伝って、血が滴り落ちている。左手に繋がれた罪の本や鎖もどろりと赤く濡れていた。右手にはどこで手に入れたのか、刃こぼれして切れ味が悪くなったカッターナイフを握っている。

虚ろな瞳のナーバス。状況からして、彼女が自傷行為をしたことは確定だ。

不自然な血痕。今日まだ会っていない囚人。その彼女の特徴。

それらを考慮すれば、こうなっていることは大方予想ができたが、それでも実際に目にするとその痛々しさから目を背けたくなる。だからといって、放っておくわけにはいかなかった。

「ナーバス。危険だからカッターナイフを渡して。私が預かる。それからどうしてこうなったのか、話をしましょう」

急にカッターナイフを振り回す危険もある。ナーバスの様子を注意深く見ながら、少しずつ距離を詰めていく。私の声は聞こえているはずだが、彼女は手に持ったカッターナイフを渡す気はないようだった。

それどころか、目の前でまた刃を左手首に押し当てる。出血量がさらに増え、どんどんと床が鮮明な赤で汚れていった。

「看守さん……わたし、ジェントルさんが串刺しになったあの光景が忘れられないんです」

「うん。パニックになるのもわかるよ」

「わたしも……ああなるかもって思ったら、恐怖が頭の中をぐるぐるして、気持ち悪くなって、もう何がなんだかわからなくなっちゃったんです」

「当然のことだと思う。でも自分を傷つけちゃダメ。手首、すごく痛そう」

「わたしもあんな風にぐちゃぐちゃになって死んじゃうくらいなら、もういっそここで死んでしまった方が楽だと思いませんか？」

一見会話が成立しているようにも聞こえる。しかし実際のところ、私たちの言葉はお互いに一方通行だった。

ナーバスが所持しているカッターナイフが邪魔だった。あれさえなければ、無理やり身体を押さえつけて落ち着かせるという手段も取れたはずだ。

そもそもこの監獄内で、どうやって刃物を入手したのだろうか。しかも手首を傷つけるのにちょうど適した『あまり切れ味のない』刃物を。

手首を傷つける時、鋭く研がれた刃物を使うことはできない。自殺をするのなら別だが、精神不安を抑制するために自らを傷つけることが目的の場合、意図しない多量の出血を招く危険があるからだ。

洗濯機の陰で小さな物音がした。ちらりと視線をやると、牡鹿のような立派な角が少しだけ見えて引っ込む。

それだけでナーバスがこんな状況に陥ってしまった、おおよその経緯の見当がついた。

「ジャッカロープ」

「あらら。見つかってしまったわ」

そこまで残念そうでもなく、ジャッカはぴょんと物陰から姿を現した。

「ナーバスにカッターナイフを与えた？」

「ええ。でもあなたが悪いのよ、エス。ここ二日間、あなたは囚人たちと上手くコミュニケーションが取れていなかった。当然、囚人を知るという仕事も進んでいない。だからアタシが手助けしてあげたの」

あくまで自分は善行をしたと言わんばかりの態度を取るジャッカ。虫唾《むしず》が走る。自傷癖のある囚人を暴走させ、さらに傷を重ねさせて、どうして得意げにできるのか。

「彼女の本性を暴くためにはこれが最適だったのよ。見なさい。他人の話が耳に入らず、自傷を続ける姿。これがナーバスの裏の一面。これで彼女の本質を少しは知ることができたでしょう？」

つまりナーバスの危険な一面を露《あら》わにするためだけに、ジャッカは手頃な刃物を渡したのだ。そして今、ナーバスは血を流している。ジャッカの思惑通りに。

ナーバスはくしゃりと顔を歪め、こびへつらうような笑みを浮かべた。

「ね、ねえ、看守さん。わ、わたしの番がきたら、どうか『赦して』もらえませんか？」

その口から出てくるのは、哀れな懇願。

「わたし、これからずっと看守さんの言う通りにします。どんな命令をされても、殴られても、蹴られても、ゴミのように扱ってもらっても、大丈夫です。だから……たとえ、わたしの罪の木にどんな過去が書かれていても『赦して』くださいっ！」

ナーバスは涙を流しながら、恥も外聞もなく、ただ自分を卑下する笑顔を作り続けて、じりじりと迫ってくる。血を流し、涙を流し、誇りさえもどこかに流し去ったその姿はあまりにも醜かった。

私はすでにナーバスが、誰かの死体を執拗に刺し続ける光景を見ている。嘘でも簡単に、赦してあげるなんて言えなかった。

「……わからない」

私にできることは、今の気持ちを正直に伝えることだけ。すると、ナーバスはいきなり大きく目を剝き、ズカズカと一気に距離を詰めてくると、血塗れの左手で私の看守服の襟元をつかんだ。

「――あんまり調子に乗らないでよ、看守」

ナーバスが吐き捨てるように告げたその言葉は、最初の人懐っこい彼女の印象とは全く異なっていた。

目の前のナーバスはどちらかというと、私が視た過去の光景の中の彼女に近かった。

人間には善い部分も悪い部分もある。どちらか片方だけなんてことはない。ツーサイドが語った持論が脳裏によぎる。まさにその通りだ。

「――うん、そろそろ良いわね」

ジャッカは私たちの様子を観察し、満足げに頷いた。彼女が次に何を宣言するのか、簡単に予想がつく。

地獄が、再び訪れるのだ。

「今から二人目の審判を開始する。対象の囚人はナーバス。さあ、裁定の時間よ。エス」

私と全ての囚人たちがパノプティコンに集められていた。全員が円卓につき、鎖による拘束を解かれたナーバスの罪の本は、すでにジャッカの手の内にある。

「赦して……赦して、赦して赦して赦して」

精神が破綻寸前のナーバスは机に突っ伏したまま、ぶつぶつとつぶやき続けている。

不安定なナーバスをパノプティコンまで連行するのは非常に困難だと思われたが、ジャッカは「欠席裁判扱いにしてこの場で粛清の対象としてもいいわ」と脅し、彼女をパノプティコンまでなんなく移動させた。対囚人の扱いはさすがに慣れている。私よりもジャッカの方がよっぽど看守らしかった。

ナーバスはあふれ出すストレスを抑えきれなくなったようで、先ほどから何度も頭を机に打ちつけている。カッターナイフも没収され、ナーバスが自分に痛みを与える手段はそれしか残されていなかった。
ゴ、ゴ、ゴ、と硬い天板に額を打ちつける鈍い音が響き、白い天板がうっすらと朱に染まっていく。ツーサイドは理解できないものを見るように、困惑した表情で口を小さく開けている。クロースは深いため息。トーチは相変わらず無関心な態度だ。
そんな中、囚人たちのことなど構いもせず、ジャッカが罪の本を抱えたまま、円卓の中央に立つ。

そして、彼女は呪文のような口上を再び述べた。

「――罪の本が開く。囚人名『ナーバス』。罪名【報復の罪】」

罪名は報復。だとするとナーバスは何かの仕返しに被害者を殺したのだろうか。

円卓にセットされた罪の本が輝き出す。本から紫色の光があふれ出してナーバスを包み込む。

彼女は円卓に額を打ちつける行為をぴたりとやめ、顔を上げると、すらっと姿勢正しく椅子に座り直した。額から鼻筋を伝って血が流れていくが気にする様子はない。二つの瞳は紫に光って、ジェントル同様、操り人形のように放心していた。そして彼女の口が開く。語りが始まる。

どうかナーバスの罪が、少しでも同情できるものでありますように。

私にできることは、そんなちっぽけな祈りだけだった。

罪の本　ナーバス

囚人名「ナーバス」
罪名【報復の罪】
記述内容を開示。

大好きな先輩と連絡がつかなくなってから、もう二週間が経ってしまった。

毎日、少しでも時間ができた時はスマホのメッセージアプリを開く。

先輩からの返信はない。わたしは送ったメッセージが届いていないだけなんじゃないかと思って、新しく一つメッセージを送ってからアプリを閉じる。

そんなことを繰り返していたら、メッセージ欄はわたしが一方的に送り続けたメッセージでいっぱいになってしまった。

重い女。自分でもそう思って、スマホをベッドの上に放り投げた。

「嫌われちゃったのかなぁ」

その答えを、先輩はわたしにくれない。

先輩と出会ったのは、わたしが中学一年生の時。学年は二つ離れていて、先輩は三年生だった。

それから三年が経過し、今のわたしは高校一年生。でも先輩とは別の学校に通っている。同じ学校だったら、すぐに様子を見にいくのに。でも実際に会って拒絶されたら、それはそれで怖い。

その気になれば、直接、先輩の家を訪ねることもできた。だけど行動に移さなかったのは、無意識に拒絶されることを恐れていたからだろう。

中学一年の頃、先輩と出会う前のわたしはかなり精神的に危うい状態だった。

元々、わたしは真面目な性格だ。そう言い表したら聞こえはいいけれど、実際はそんな素晴らしいものじゃない。

わたしは真面目すぎた。

何事も度がすぎると毒になる。その典型例のような人間だった。

どんなことにも異常なほど完璧を欲していた。宿題、先生からの頼まれごと、友人たちとの付き合い。何を以て完璧と見なすかは毎回違っていたけれど、「求められた要素を欠けることなく満たす」ということがおおまかな基準になっていたと思う。

ただ不幸だったのは、わたし自身が別に完璧主義者ではなかったということだ。

確かに完璧な成果を常に追求していた。だけどそれは自分が、完璧じゃないと満足できない性分だったからじゃない。

——周囲に迷惑をかけてはいけない。

その考えが性格や行動の根底にあった。わたしの全てに反映されていた。

それは恐怖、もしくはある種の強迫観念だった。何かをする時に必ず脳裏をよぎる、
鬱陶しくて、嫌気が差すような、わたしを縛る思考。

少しでも相手を失望させたら、役立たずだと見なされて捨てられてしまうのでは、という少しだけ現実味を帯びた被害妄想。

それこそがわたしという人間を作り上げている、基礎的な構成要素だった。

いつからそんな思考がわたしの頭の中に宿るようになったのかは定かではない。

しかし、こうなった理由には少しだけ心当たりがある。

わたしは両親から少し過剰なくらいに愛情を注がれ、甘やかされて育った。幸せな家庭だ。

小さな頃、欲しいものは大体何でも買ってもらえたし、わたしがリビングの壁にラクガキをしても、食事で好き嫌いをしても、叱られたことは一度もなかった。両親はいつも笑顔だった。

だけどおそらくその、幸せすぎる環境がいけなかったのだと思う。

わたしは家庭の中でなんの苦労もすることなく、何かを達成するために行動することもなく、努力することもなかった。

必要なものは全て与えられた。だから行動する必要がなかった。

しかし成長して、家族以外の人々と接する機会が増えてから、ふと自分が何もできない、役立たずな人間なんじゃないかと無性に不安になることが増えた。

社会に出ると、相手から何かを要求されることが多くなる。

たとえば小学校では宿題をやる必要があった。テストでそれなりの点数を取ることを求められた。友達と交わした約束は守る必要があり、誰かと一緒に遊ぶ時は相手を傷つけるような発言、行動を避けるように求められた。

家族はわたしを中心に動いてくれていた。しかし社会は違う。

今まで何も求められてこなかったわたしは、そうした環境に置かれてひどく恐怖した。期待に応えられず、相手に迷惑をかけて失望されたらどうしよう。その考えがぐるぐると頭の中で渦を巻いていた。

悪いことをしたらきちんと叱られ、ちゃんと謝って許してもらい、そのくらいのことで両親の愛情は揺るがないということを、家庭でしっかりと経験しておく必要があったのだと思う。

ある程度の失敗は誰でもする。そして失敗ときちんと向き合うことで許される。そのことを学んでこなかったわたしは過剰に失敗を恐れた。期待に応えられないことを恐れた。失望されることを恐れた。

役立たずとして捨てられ、見向きもされなくなることを恐れた。

実際にそんなことが起こるはずないのに。

そうして中学一年の時には、常に完璧であることにこだわる現在のわたしの性格が完成していた。部活は入っていなかった。活動する場所が増えればその分失敗する可能性も高まる。だから忌避した。

だがわたしの面倒なところは、何かをしていないとそれはそれで自分は役立たずなのでは、と不安になるところだった。

そのためわたしは風紀委員になり、朝の挨拶運動だとか地域のゴミ拾いだとか、そういう活動をおこなっていた。委員会は部活よりも活動頻度が少なく、自分に存在価値があることも証明できる。わたしにとってはちょうどいい組織だった。

そうやってなんとか自分の性格と折り合いをつけて生きていこうとしていたわたしだったけれど、それでも、自分の精神が徐々に不安定になっていることには気づいていた。

完璧を求めるとストレスがかかる。そのストレスのせいで精神がボロボロになっていく。いつの間にかわたしの身体中をストレスが蝕んでいた。家に自分しかいない時に叫んでみたり、登下校の時に「わたしは大丈夫」「わたしは大丈夫」と誰にも聞こえないようにつぶやき続けたりした。

そのくらいで留めていられれば、どんなに良かったかと思う。

そのうちに何かストレスを感じると、行動で発散しなければ収まらなくなった。出された課題を家で解いている時に、いきなり手に持っているペンを壁に投げつけるようなことが増えてきた。不安や苛立ちに押し潰されて、泣き出してしまったこともあった。

ある時、ペンを投げても全く苛立ちが収まらず、拾い上げたペンの先端で手首をつついてみた。するとたちまち安心感が心を満たした。

かすかな痛みとペンを持つ手の確かな感触が脳に伝達されることで、一瞬苛立ちから逃れることができたのだ。わたしはそれから毎日ペン先で手首をつついた。だけど、同じような刺激にはすぐ慣れてしまうのが人間だ。

もっと強く。もっと強く。

そうしていつの間にかわたしは——自分の手首に刃物を押し当てるようになってしまっていた。

別に誰かに心配してもらいたかったわけじゃない。

わたしにとって、刃物で手首を傷つけることはペン先でつつくことと同じだった。手首から血が流れ出て、痛みを感じている間は不安から解放される。わたしと全く同じ立場に置かれたら誰でも同じことをするはずだ。風邪《かぜ》を引いた時に、薬を飲むのと何も変わらない。不安を感じたら手首を切った。

そんな時だった。先輩と出会ったのは。

その日、わたしは我慢できず、校舎の隅にうずくまって刃物を左手首に押し当てていた。いつもよりも強く力を入れてしまっていることに気づいていたけれど、力を弱めることはできなかった。刃が深くまで入り、このままでは自分を殺しかねないと脳が危険信号を発する。

そうしてパニックになっていた時。

たまたま先輩が通りかかった。

意外にも先輩はわたしの行為を止めようとしなかった。ただその場に留まって「どうしてそんなことをしようとするの？」と優しく問いかけてきた。

他の人たちはみんな、見て見ぬフリをするか、自分の正義感を振りかざして無理やり止めようとしてくるばかりだった。

だからこそ、わたしは先輩に興味を持った。

わたしは手首に刃物を押し当てたまま、会ったばかりの先輩に全てを話した。自分を傷つけてしまう理由を。生真面目すぎるが故に、どこかでおかしくなってしまった自分のことを。

先輩はただ黙って聞いていた。

わたしはひたすらに話した。

そして、気づいた。

自分の考えていることを口にして、それを誰かに聞いてもらうこと。それがわたしにとって何よりも必要なことだったのだ。こんなことを誰かに話すのは初めてだった。誰かに気軽に話せる内容でもなかった。だから自分一人で抱え込み、ストレスはどんどんと大きなものになっていった。

話を聞いてもらうだけで胸がすっと軽くなった。わたしを押し潰そうとしていたストレスが小さくなっていった。心の平静が戻ってきた。

そうしてついに、わたしは自分の手首から刃物を離すことができたのだった。

その日から、わたしは先輩と一緒に過ごすことが多くなった。

「今日は大丈夫だった？　奈希《なき》」

河井《かわい》奈希。それがわたしの名前だ。

中学校の敷地の端には、校舎の陰に隠れた小さな空間がある。先輩に教えられたそこは他に誰も来ることのない静かな場所だった。

放課後、その場所に行くといつも先輩が校舎の壁にもたれて空を見上げていた。わたしに気づくと、優しい笑顔を浮かべて話を聞いてくれた。

先輩はわたしとは比べ物にならないほどすごい人だと思っている。だけどこんなひとけのない場所を知っていて、しかも慣れた様子であるところを見ると、元からこの場所にくることが多かったんだろうなと思った。

どんな人間にも明と暗、両方の要素が存在する。わたしはそれがとても顕著だったけれど、先輩もきっと暗い部分を持ち合わせているのだ。

「最近は先輩とおしゃべりができているので平気ですっ」

わたしは先輩の前でなら、いつも笑顔でいることができた。

穏やかな日差しの中で、校舎の壁に二人並んでもたれて他愛ない話をした。教室での出来事や、ネットで見た面白い動画の話。家に帰った時には半分以上忘れていそうな、なんでもない会話ばかり。

でもきっと、話題なんてなんだって良かったのだ。会話をすることが大事だったのだと思う。

今までのわたしは全てを一人で抱え込んで、妙なプレッシャーを勝手に感じて、常に緊張した学校生活を送っていた。その緊張を解きほぐすように、先輩は優しい笑みを浮かべて話をしてくれる。

先輩との間には不思議と沈黙が生まれることはなかった。しかしよく考えると、わたしが黙りそうになると、先輩はいつも何か新しい話題を振ってくれた。

わたしは何も考えていなかったけれど、先輩はきっと、この平穏な時間を維持するために陰で努力をしてくれていた。何気なく話をしているだけのようで、その実、わたしが興味を持ちそうなことを調べて適切なタイミングで話題を提供してくれていたのだ。

あとから思い返してやっとそのことに気づいた時、やっぱり先輩はすごい人だとわたしは感嘆してしまったことを覚えている。


そうしてようやく、わたしの学校生活はまともなものになっていった。

わたしは元々、家でたくさんの愛情を注がれて育った。だから生真面目な部分が悪さをしなければ、根は人懐っこい性格だった。先輩がそばにいてくれるようになってから、わたしは元の性格を取り戻して、周囲と関わることができるようになった。

先輩は恩人だ。泥の中でもがいていたわたしをすくい上げてくれた。素敵な学校生活を送らせてくれた。手首を傷つけなくても生きていけることを教えてくれた。わたしはいつのまにか先輩のことが大好きになっていた。

時が過ぎ、先輩が卒業した。

でも、大丈夫だった。先輩とはずっとスマホで連絡を取っていたし、一緒に遊びに出かけることもあった。わたしは色々なことを先輩に話し続けたし、先輩は笑顔でそれを聞いてくれていた。

先輩との繋がりは消えない。たとえ毎日会えなくても、先輩がこの世界にいてくれる限りわたしは大丈夫だ。そう思っていた。

だけど突然、先輩との連絡はつかなくなった。

……それから二週間。わたしは前の自分に戻りたくなんてなかった。だけど心の拠《よ》り所《どころ》を失ったわたしは再びカッターナイフを手に取っていた。

家の近くに大きな公園がある。一周歩いて十五分くらいの広さだ。

夕方、わたしはあまり人が通らない場所にあるベンチに座っていた。右手にはカッターナイフ。学校や家では自傷行為を行いたくなかった。誰にも知られたくなかった。一人でどうにかしたいと思っていた。

三年ぶりにわたしはカッターナイフの刃を左手首に押し当てる。薄い皮膚が裂け、血がゆっくりと滲み出る。自分に嫌悪感を覚える。嫌悪感を覚えたところでやめられるわけではないことを知っているから、余計に気分は落ち込んでいく。

もっと深く傷つけよう――そう思って、押し込む力を強めようとした時。

「何やってるんだ!?」

驚いたような叫び声が近くから聞こえた。顔を上げると、そこには年上と思われる高校生男子が立っていた。

「……関わらないでください」

わたしは小さな声でそうつぶやくと、自分の手元に集中する。

知らない人から見れば、わたしはただの危ない女だ。無視すれば、勝手に距離を取ってくれるだろう。

刃を押し込む力を強める。今度はさっきよりも多く血が流れ出した。その行為によって自分の心が落ち着いていくのを感じる。

本当はこんなこと、したくないのに。

「……な、なあ、どうしてそんなことをするんだ？」

「え？」

わたしは再び顔を上げる。もういなくなったと思っていた高校生男子はまだそこに立っていた。そしてわたしを止めるでもなく、投げかけてきた疑問。

それは大好きな先輩と初めて会った時のやりとりに似ていた。

わたしには話を聞いてくれる人が必要だった。それはもしかしたら、先輩じゃなくてもいいのかもしれない。

わたしを助けてくれた高校生男子は『してんし』と名乗った。変な名前、とわたしが返すと「学校でそう呼ばれてるんだ」と彼は笑って言った。本当の名前は教えてくれなかったけれど、彼はわたしの新しい心の拠り所になった。

偶然にも彼は先輩と同じ学校に通っているらしい。

本当は先輩について何か知らないか聞いてみたかったけれど、やっぱり怖くて確かめることはできなかった。

『してんし』さんとは初めて会った公園のベンチに並んで座り、話すことが多かった。たまに通りかかる人から見たら、わたしたちは下校途中のカップルのように見えていたかもしれない。『してんし』さんはとても優しくて明るい人だった。わたしのことなんて放っておけばいいのに、定期的に公園で会おうと言ってくれた。

わたしはその言葉に甘えた。でも、何もお返しをしないのも気が引けたので、毎回、近くの洋菓子店でお菓子を買っていってベンチで一緒に食べた。

その時間は楽しかった。先輩のことを一瞬忘れられるくらいには。

そんな風に、少しずつ精神が安定し始めた時だった。

——先輩が、死んだ。

そのことを突然、先輩の友人の愛葉《あいは》さんという人からメッセージで教えられた。彼女とは先輩を交えて三人で遊んだことが何度かあり、わたしが先輩を慕っていることを知っていた。

混乱して状況が把握できなかった。

先輩からの返信がなくなったのは、わたしを嫌いになったからじゃなくて、何か大変なことに巻き込まれていたからだったのかもしれない。

死因はなんだろう。事故、病気、それとも……考え出せばきりがない。

こんな結末が待っているなら、無理にでも先輩に会いにいけばよかった。

わたしが苦しい時は先輩に助けてもらったのに、わたしは苦しんでいる先輩を助けることができなかった。

悔しい。悲しい。やりきれない。

その日は『してんし』さんと会う約束をしていた。先にベンチに到着していたわたしは彼に事情を聞いてみようと思った。同じ学校なら何か知っているかも――。

その時、スマホが震えた。

メッセージを送ってきたのは、愛葉さんだった。

「あの子を死に追いやった人物がいるの。でも直接手は下してない。このままじゃ、その人物は誰にも罰せられることなく、生き続けることになる」

その文面はわたしに衝撃を与えた。先輩は死に追い込まれた。誰かの手によって。

その誰かは直接殺したわけじゃないから、現在の法律じゃ裁けない。そんな馬鹿げた話、到底見過ごせるはずがなかった。

わたしは急いでその人物の名前を聞く。絶対に許さない。先輩を死に追いやった人間がこの世に存在しているというだけで気持ち悪い。

今度はすぐに返信が来た。事件の詳細をまとめたデータと、先輩を追い詰めた人物の名前・顔写真が添えられて。

そのメッセージを見たわたしは絶句した。

でもなるほど、そういうことか。と、ある意味納得もできたのだった。

愛葉さんから届いたメッセージに書かれていた名前は全く聞いたことがなかった。

しかし、添付されていた顔写真にはとても見覚えがある。

先輩を死に追いやった人物。

それは――『してんし』さんだった。

『してんし』は先輩に憧れていた。先輩のことが大好きだった。

――だから、模倣した。

どこで聞いたのかはわからないけれど、先輩が昔、わたしを助けたことを知っていた『してんし』は偶然、わたしのことを見つけた。

そして同じように手を差し伸べたのだ。かける言葉まで真似《まね》をして。

わたしの新しい心の拠り所だと思っていた『してんし』は先輩の模倣者だった。結局、真の意味でわたしを心配してくれたのは先輩だけだった。

そんな大好きな先輩を追い詰め、わたしを使って、先輩の模倣をしていた『してんし』。彼のやったことをなぞるように思い出していくと、強烈な吐き気を催した。どれも先輩のコピーでしかなかったからだ。

『してんし』は約束の時間からだいぶ遅れてやってきた。

いつもよりも顔色が悪かった。彼はベンチに座るとつぶやく。

「俺のせいでひどいことが起きたんだ。こんなつもりじゃなかったのに――」

わたしが何も知らないと思って、呑気《のんき》に後悔を口にする『してんし』。

でも、そんな言葉を最後まで聞いてやるつもりはなかった。

わたしは隠し持っていた自傷用のカッターナイフを取り出すと、横に座っていた『してんし』の首元を勢いよく切りつけた。「え」という彼の呆けたような声。わたしはそのまま、彼の身体を蹴る。

抵抗する気配は感じられず、『してんし』は地面に仰向けに転がった。

『してんし』はわたしを一時的とはいえ、支えてくれた。

だけどそもそもの話、『してんし』という人間がいなければ、先輩と連絡がつかなくなることもなく、わたしは平穏に暮らしていられた。

『してんし』はただ有害なだけの存在だ。

「お前が……お前さえいなければ……ッ!!」

わたしは両手で持ったカッターナイフを、『してんし』の喉に突き立てる。

血が噴き出した。自分の手首を傷つけた時とは比べ物にならないほどの量。本当に人が死ぬ量だ。

何度も、何度も、何度も。

わたしは馬乗りになってカッターナイフを振り下ろす。全身が返り血でびしょびしょになった。もう動かなくなった『してんし』の身体。だけど、わたしは刃を突き立てることをやめない。正確にはやめられなかった。

手を止めてしまえば、これから自分はどうなってしまうのか。その不安がわたしを押し潰すだろう。だから、わたしはカッターナイフを突き立て続ける。

手首を傷つけるのと同じだ。わたしは自分の手首を傷つける代わりに、『してんし』の肉を、死体を、傷つけ続けた。他のことを何も考えずに済むように。

それは駆けつけた警察官に取り押さえられる瞬間まで続いた。

野次馬の誰かがわたしのやったことを見て「頭がおかしい」とつぶやいた。

結果だけを見ればそうかもしれない。

でも、わたしは心を落ち着けようとしただけ。

こんなことになるなら……。

わたしはもう藍色に変わりつつある夕暮れの空を見て思う。

中学時代のあの日に、先輩と出会わなければよかったのかもしれない。

10

「囚人『ナーバス』――本名、河井奈希。その罪の開示を終了する」

ジャッカの声。目を閉じて語りを聞いていた私は、ゆっくりと瞼を開ける。

ナーバスの犯した罪。それは大切な人を死に追い詰めた人間を殺した、というもの。

ジェントルよりもシンプルだ。その動機はわからなくもないが、あまりにも短絡的な行為だった。

被害者側の模倣行動には言い知れぬ気持ち悪さがあるものの、それが結論をひっくり返すことはないだろう。

あくまで現段階の感触だが、ナーバスのことは迷う余地なく『赦せない』と思った。

だがどうにも引っかかる。ジャッカがこんなに答えの出しやすい罪をわざわざ持ってくるだろうか。

「罪の本は役目を終えた。河井奈希に全ての記憶が戻る」

ジャッカの宣言と同時、開いていた罪の本がふわりと閉じられる。

ナーバスの瞳から紫色の輝きが失われた。それから数度瞬《まばた》きをした彼女はすっかり元の状態に戻っていた。ジェントルと同じようにぐるりと円卓を見回し、その途中で私と目が合う。彼女は私のことを数秒間見つめ続けた。それから小さく息を吐く。

「全部、思い出しました」

罪の本が開くまで、裁定に、粛清に怯えていたナーバス。しかし今の彼女は落ち着き払っていた。自分が人を殺した記憶が戻ったというのに、彼女は全く取り乱す気配がない。なぜかわからないが、戻った記憶が彼女の精神を安定させたようだ。

「わたし、とっても言いたいことがあるんですけど、きっとそれって『口に出せない』禁止項目ですよね？」

「どうかしらね。もしかしたら、大丈夫かもしれないわよ？」

ジャッカははぐらかすように答えて鼻でくすりと笑う。

「やめておきます。どう考えてもダメだと思いますから」

そうやって諦めに満ちた答えを返し、ナーバスは冷ややかな視線をジャッカに向ける。

「……ほんと、くだらないですね」

彼女が心底不快そうに静かな声でつぶやいたのを、私は聞き逃さなかった。

「次は囚人尋問ですか、ジャッカ」

「ええ。対象囚人は尋問室へ」

ナーバスはさっさと立ち上がると、パノプティコンから尋問室へと続くドアを開いて、足早に出ていった。

「ナーバスは普通に有罪、だよな……」

厳しい顔でツーサイドが言った。彼も粛清によって囚人がどうなるかは知っている。できれば赦してあげたいと思っているはずだが、今回はやはり赦せる要素に乏しいのだろう。

「あたしも同感。『先輩』のことが大好きなのはよくわかった。だからといって、『してんし』って男子を殺していいことにはならないでしょ」

クロースもツーサイドに同調する。私は重い腰を上げた。囚人尋問で罪の解像度を上げたとしても、結果が変わるとは思えない。だけど私は看守の責務を全うする必要がある。

この監獄から出るために。

私は裁定を下すのだ。

尋問室で向き合ったナーバスの態度は奇妙なものだった。パノプティコンで見せたジャッカへの冷淡さとは裏腹に、心なしか嬉しそうな表情を浮かべていたのだ。

薄気味悪さを感じつつ、囚人尋問が開始される。

「ナーバス。あなたは自分が犯した罪についてどう思っている?」

「『してんし』は殺されて当然の人間でした」

「反省はしていないということ？」

彼女は力強く頷いた。

「わたしが『してんし』を殺さなければ、先輩は浮かばれませんでしたから。『してんし』は今の法律じゃ裁けなかった。なら、わたしが裁くしかないじゃないですか。この監獄で行われているみたいに」

言い返せない。ナーバスにとって『してんし』という男子は「赦せない」人間だった。だから粛清した。私がやっていることと変わりはない。

――そしてようやく、この裁定を通して、ジャッカが私に判断させたい真の事柄に気づいた。

「これ、ひどいですよね。看守さんがわたしの行為を赦さないということは、同時に看守さんの今の行いも赦されないということ。ある意味でこの審判は、看守さんの監獄での行いの是非を問うものでもあるんです」

ナーバスも同じことを考えていたようだ。私が辿り着いた結論をなぞって確かめるように、彼女は口に出してみせた。

「……事件に関する詳細を『先輩』の友達から教えてもらったんだよね？　その『してんし』という男は具体的に何をしたの？」

私はいったん話題を逸《そ》らすために、事件に関する質問を投げかけた。

「学校で先輩に執拗な嫌がらせを続けたそうです。しかもいじめとかじゃない、もっと気味の悪い方法で」

「気味の悪い方法？」

「『してんし』は――」

ナーバスは一度、不快そうに言葉を切って、それから覚悟を決めたように続けた。

「先輩のことを、神に祀《まつ》り上《あ》げました」

私は自分が自然と顔をしかめていることに気づいた。神という単語は宗教系の学校でもない限り、学校生活を送る上で出てくるものじゃない。『してんし』は罪の本の中でも、『先輩』の模倣をしていたと語られていた。その異常性を改めて認識する。

だからといって、ナーバスの私刑が容認されるのかといえば、それは全く別の話だが。

「『してんし』の手によって先輩の生活は壊され、周囲から嫌がらせを受け、そして亡くなったそうです」

私はその内容についてもっと詳しく聞こうとするが。

「本題から外れつつあるわ、エス。あなたが考えるべきなのは『先輩』と『してんし』の関係性ではなく、あくまでナーバスの殺人の是非についてよ」

質問をブロックするように、ジャッカが忠告してくる。

「……わたしは、記憶が戻るまですごく恐怖を感じていました」

まだこちらが質問していないにもかかわらず、ナーバスは話し出す。

「でも、今は全然怖くないんです。『先輩』のために当然のことをして、それで粛清を受けるのならそれでいい。わたしはやるべきことをきちんとやりました。だから構いません」

「ナーバス……」

まただ。ジェントルにしてもナーバスにしても、自分の軸を持っていて、決して赦してほしいと口にしない。

「奈希、です」

「え？」

「わたしの名前。よかったら、看守さんには奈希って呼んでもらいたいです」

それが何になるというのか。全くわからない。だけど、拒む理由も特になかった。

「奈希」

私が口に出してナーバスの名前を呼ぶと、彼女は今日一番の嬉しそうな表情を浮かべて笑う。そして言った。

「もう一度、その名前で呼んでもらいたかったんです。わたし」

その笑顔がまぶしくて。

私は返す言葉に詰まった。何か言うべきだ、と返答を探して。それでも何も見つからないうちに、ジャッカが私たちの間に立ち塞がる。

「――囚人尋問の制限時間、終了よ」

「……ジャッカ、本当に制限時間なんて存在してるの？」

私は疑いの視線を向けた。彼女はわざとタイミングをはかって、尋問を止めているような気がした。

「さあ？　それはルールを扱うアタシだけが知っていればいいことじゃない？」

もちろん真摯な答えが返ってくるとは思っていない。ジャッカはさっさと机から飛び降りると、尋問室のドアを開いた。

「これから裁定が下ると思うと、ドキドキしちゃうわね」

私の感情を逆撫でするような言い草。だがどれだけ苛立っても嚙《か》みつこうとは思わない。どうせジャッカは挑発して楽しんでいるだけだ。彼女のペースに乗るだけ無駄だった。二人目の裁定が始まる。私の中ではもう結論が出ていた。

たとえそれが自己矛盾を肥大化させるとしても。

自分を棚に上げることになっても。

私は看守として、仕事を遂行する。

裁定を下す時間がやってきた。パノプティコンの円卓についた私や囚人たちを見回して、ジャッカは冷たい口調で淡々と文章を読み上げるように言う。

「これより、看守から囚人『ナーバス』への裁定が下される」

二度目ともなれば、手順はもう理解している。

「さあ、看守エス。あなたは囚人名・ナーバス、本名・河井奈希を『赦す』？　それとも『赦さない』？」

奈希は大切な『先輩』を死に追いやった『してんし』を殺した。自分がやらなければ、『してんし』は野放しにされたままだった、というのが彼女の主張だ。

確かに法で裁けない人間は存在する。

学校でいじめをおこなっていた生徒がいて、いじめられていた生徒がそれを苦に自殺しても、いじめた生徒が殺人を犯したことにはならない。

一人の人間が命を絶つ直接の原因を作ったのであれば、本来なら罰が与えられるべきだ。しかし現実には殺人罪に問うことは難しい。

そうやって法による制裁を逃れた人間が、のうのうと生き続けることが許せないという気持ちはわかる。自分が関係者だったら殺してやりたいと思うかもしれない。

それでも、やっぱり実際に手を下してしまうのはダメだ。個人の価値観による報復が認められたら、きっと社会の秩序は崩壊する。

悲しいことだけれど、世の中には多くの潜在的な加害者と被害者が闇の中に埋もれている。

だから、私の答えは。

「──私はナーバスを、『赦さない』」

実質の死刑宣告。

私はそれを宣言した。その結論が自分にはね返って突き刺さり、血を流すことになるのはわかっている。ナーバスを赦さないということは、自分が看守として裁定を下し、粛清という名の私刑を実行している現実を赦さないということ。

私はきっと醜悪な存在だ。そこまでわかっていて、それでもこれからも私は看守を続ける。気づかないフリをして、今まで通りに過ごしていくのだ。

一方のナーバスは自分がこれからどうなってしまうのかわかっているはずなのに、全く動じる様子はなく、それどころかどこか清々しい微笑を浮かべていた。

「看守の裁定を正式に受理」

退屈な事務作業を行うみたいに、ジャッカは淡々とジェントルの時と同じ文言を繰り返す。ナーバスの罪の本の表紙に《Guilty》の赤い文字が浮かび上がる。

もう裁定の撤回はできない。クロースは星形のペンダントを握って強く目をつむり、ツーサイドは全身を震わせながら、両耳を手で塞いで真下の床を見つめている。

「有罪となった囚人に対し、粛清を発動する」

他の囚人たちは目を逸らしていい。

だけど、私だけは逃げちゃダメだった。

私が下した裁定だ。ダブルスタンダードの歪な裁定だ。

その結果を最後まで見届ける必要がある。

また妙な機械仕掛けが作動する音がパノプティコンに響き始めた。どんなに最悪なことが起こっても、凄惨なことが起こっても、私は現実を直視する。ナーバスの顔を直視する。

ナーバスの瞳からつーっと涙があふれて頬を伝っていく。

「看守さん、これは嬉し涙ですよ」

全く予期せぬ言葉を、ナーバスはつぶやいた。

「なん、で……」

思考が硬直する。理解ができない。今から死ぬというのに、嬉し涙を流す人間がいるのだろうか。

「死ぬことが嬉しいわけじゃないですよ」

私の考えを見透かしたようにナーバスは言う。

「わたしが嬉しかったのは——」

次の瞬間。

大量の血液が、宙に舞った。

ナーバスの座っていた椅子。その厚い背もたれから太い杭が高速で撃ち出され、それは彼女の心臓を突き破った。

赤い。怖気《おぞけ》が走るほど赤い。彼女が手首から流していた血などまるでお遊びに思えるほどの量。巨大な水風船を破裂させたような血の拡散。吐き気を覚えることも、悲鳴を上げることも忘れて、私は目を開けたまま、意識を失いかける。

これが本当に正解、なのだろうか。

自分一人の判断で断罪し、他人を殺すことが正しいことなのだろうか。

答えは誰も、教えてはくれない。

ジャッカロープの報告2

「二人目の囚人、河井奈希の裁定が確定しました」

ジャッカロープは暗い部屋の中、壁に埋め込まれた巨大なディスプレイに向かって簡潔に結果を述べる。

「エスも少しは成長したみてえだな。今、自分がミルグラムでやっていることと河井の犯した罪が本質的に同じだと気づけたことは評価してやる」

画面越しに聞こえるのは、以前と同じ男の声。

「法に従わずに自分で手を下した河井。新しい罪の解釈を求め、従来の法を無視して囚人に粛清を下すエス。なんも変わらねえ。それなのにエスは河井を有罪とした。これでエスはまんまと自己矛盾を抱え込むことになったってわけだ」

「とても良い実験結果だと思っています」

「他人のことは罰するのにいざ自分のこととなると簡単に赦しちまう。あるいは気づかないフリをする。人間の本質ってのは醜いなぁ。笑えるぜ」

ジャッカは黙ったまま、男の言葉の続きを待つ。

「んで、エスはまだ正気を保っているか？」

「はい。これまでの看守と比べて精神面が強固なようです」

「一度目の粛清は誰でも下せる。あんな残酷なことになるなんて思いもしねえだろうからな。だが、二度目も冷静にやってのけるヤツってのは普通じゃねえ」

画面の向こうの男は何かを思案するように一瞬黙り、それからまた話し出す。

「知ってるか？　実際の死刑執行の際も、刑務官三人が同時にボタンを押すんだ。そのうちの一つが本物。残りの二つは偽物。誰が本物のボタンを押して死刑囚を殺したのかわからねえようになってんだよ。精神的な負担を軽減するためにな。それが普通なんだ。どんな理由があっても、まともな人間が他人を殺す重圧に耐えられるはずがねえ」

「あのエスは正常な精神状態ではないと？」

「どうだろうな。それはまた別問題だ。正常な状態でまともじゃねえヤツもいる。だがまぁ、オマエの人選はどうやら正解だったらしいな」

ジャッカロープはその言葉を受けて、ふっと笑う。

「この先で対面する真実と彼女がどうやって向き合うのか、今から楽しみです」

11

「ボクたちはみんなヒトゴロシ。最初からわかっていたことだろ」

罪の書架。濃い紙の匂いと深い静寂が支配する場所で、私は空の本棚にもたれかかって、トーチの言葉を聞いていた。

ナーバスを粛清してからちょうど丸一日が経過していた。

クロースとツーサイドの二人は、表面上はいつもと変わらないものの、二度の粛清によって心に大きなダメージを負っているのは見て明らかだった。

だからといって、看守である私が止まることは許されない。囚人たちと常に関わりを持つことを求められている。私が迷ったり、その場で足踏みをしてしまえば、ナーバスに刃物を与えたように、またジャッカが介入してくるだろう。それはあまり望ましいことではない。こういう時に一番話しやすいのはトーチだった。彼はどんなことがあってもあまり動じず、態度が変化しない。彼は好意的じゃないけれど、無理やり居座る私を力ずくで追い出すようなことはなかった。

先ほど、私は「残りの囚人はみんな赦せる人間だといいな」と願うようにつぶやいた。そしてトーチから返ってきた言葉が「ボクたちはみんなヒトゴロシ」だ。

囚人は例外なくヒトゴロシ。どんな理由があってもヒトゴロシである事実には変わりない。それはもちろんわかっている。わかっているけれど。

それでも、赦せる存在であってほしいと願わずにはいられないのだ。

私はどこまでも淡々としているトーチに対し、呆《あき》れた表情で問いかける。

「トーチも必ず私に裁かれる時がくるんだよ。なんでそこまで落ち着いていられるの？」

それは純粋な疑問だった。

「ボクは自分が納得できる行動しかしない。過去に自分が誰かを殺したというなら、それがその場面での最適解だったということになる」

彼は躊躇《ためら》いもせず、はっきりとそう言いきった。

「前にも話したけれど、ボクには人間の価値がわからない。人間と人間以外の生命と、そこら辺に転がっている物。全て等価値に感じるんだ。そしてその考えはボク自身にも適用される。自分に特別な価値があるとは思えない」

トーチが自分の考えを話すことは珍しい。私は黙って耳を傾ける。

「殺されるべき理由が存在し、それに沿って処分されるのなら、それは仕方ないことだと思う。他の囚人たちも、そしてボク自身も」

私はトーチの歪んだ思考に嫌悪感を覚え、一言だけ感想を述べた。

「──化け物」

「化け物はどっちだろうな。ボクからしてみれば、人間を尊いものだと認識しつつ、粛清し、無惨に殺していくエスの方が化け物に見えるけれど」

トーチの指摘は思いがけず私の心に鋭く刺さった。それは私がずっと考えないようにしていたことだったからだ。

「ミルグラムが裁定を下すように強制してくるから」という免罪符を振りかざし、私は二度の粛清をおこなった。

だがその行為によって、私はどの囚人よりも恐ろしいヒトゴロシに成り下がっているのではないか。特にナーバスの裁定時にはそのことを強く意識させられた。

だがそのことについて深く考えてしまったら、私は看守でいられなくなる。看守の義務を放棄すれば、私はジャッカによって処分されるだろう。だから、自分の身に業を刻みつけながら進むしかない。

私は苦し紛れに話題を変えた。

「……トーチは自分が殺人を犯したならそれが最適解だって言ったけど、世の中に殺人が最適解になる場面なんてないよ。絶対にデメリットの方が大きいと思う」

「実のところ、それについてはボクも同意見だ」

反論されると思っていたが、トーチはあっさりと同意した。少し拍子抜けする。

「ボクは人間の価値がわからない。興味もない。誰かを殺すメリットが思いつかない。エスの言う通り、殺人犯になるという大きなデメリットしかないはずなんだ」

だからこそ、と彼は続ける。

「ボクは自分の罪にとても興味がある。きっとここには今のボクには理解できない、別の自分が書かれているはずだ」

「実際は人間の価値がわからないから、安易に誰かを殺しただけっていう可能性もあるんじゃない？」

失礼なことを言っている自覚はある。だがトーチ相手であれば、そのくらい率直に言った方が話は早く進むし、向こうも特に不快に思うことはないと判断した。

私の予想通り、トーチは何も気にしていない様子で会話を続ける。

「エスは興味のないものを殺したりするのか？　たとえば公園のベンチに座っていて、こちらが何の興味も持っていないハトが寄ってきたとして、いきなり殺したりしないだろう？」

「それは、確かに……」

「他人の家を訪れた時、興味のない絵が飾ってあったとする。それをいきなり破り捨てたりもしないはずだ」

「……確かに」

人間に価値を見出《みいだ》せないというトーチの思想は一見すると、かなり危険なものに思える。しかしそう単純な話ではないのかもしれない。

価値を見出せないからといって、イコールで殺していい・壊していいとなるわけではない。本当にあくまで「自分」には価値がわからないというだけで、他人が大切にしているものを否定するわけではない。トーチはそう言いたいようだ。

ようやく少しだけ、彼の見ている世界を知ることができた気がする。

「それにしても、トーチ、前より話してくれるようになったね」

今日のトーチは明らかに饒舌《じょうぜつ》だった。

「……言われてみればそうだな。無視したっていいはずなのに」

トーチは暗闇に包まれた罪の書架の天井を仰ぎ、どこまでも遠くを見るような目になる。彼の言葉はそれ以上続かず、罪の書架には再び静寂が訪れた。

「ねえ。嫌じゃなければ、トーチの罪の本に少し触れてもいい？」

気づけば、そんな質問をしていた。トーチの過去を視ることで何かしらわかるものがあるかもしれないと思ったのだ。

「……構わないけど、何をする気だ？」

彼は椅子に座ったまま、疑《うたぐ》るような視線と共に罪の本を差し出してくる。私はゆっくりと近づいていった。今まで罪の本に触れることで視た映像はショッキングなものばかり。今回も覚悟しなければならない。だけどそれよりも、トーチがどんな罪を犯したのか、気になって仕方がなかった。罪の本に触れて、過去を視ることが裁定を開始するための必須条件であるかどうかはわからない。しかし少なくとも、ここでトーチの過去を視ることによる不利益はないはずだ。

私は差し出された本の表紙にそっと手を乗せる。自分の意志で罪の本に触れたのは初めてだった。

罪の本に乗せた手のひらから脳に直接、過去の映像の断片が流れ込んでくる。今回は心の準備ができていたからか、特に混乱は生じず、私の意識は比較的冷静な状態で情報の海へと沈んでいった。

◇

綺麗な青空が遠く彼方《かなた》まで広がっていた。

学校の屋上のような場所。警察官や救急隊員、教師など大人が入り混じったその場所で、トーチは制服のズボンのポケットに手を入れて、頭上を仰いでいる。

「……ボクの行いは正しかったのか？　それとも間違っていたのか？」

彼の声は震えていた。涙が両目からこぼれ落ちていた。トーチは取り出した水色のハンカチで目元を拭う。

「守ったのに、守れなかった。ボクは中途半端だ」

いつまでもぼんやりと青空を眺める彼の後ろ。

屋上のコンクリートには、血痕のようなものが飛び散っているのが、ほんの少しだけ見えた。

◇

私は困惑していた。

意識はすでに罪の書架に戻り、目の前には現実の無感情なトーチがいた。私が視たひどく人間的なトーチとは全く別の存在に見える。

正直、かなり不快で血に塗れた光景を視るのだろうと覚悟していた。しかし、トーチの罪の本が見せたのは、青空を眺める彼の姿。あの屋上で何かが起こったのだということは推測できるが、彼が誰かを殺すシーンがなかったということは、直接的に手を下したわけではないのかもしれない。

「……余計にわからなくなった」

私は罪の本から手を離した。

「ボクはそもそも何が起きたのかも理解できていないが」

「……知らなくていいよ。これは看守としての仕事だから。トーチはただ、私が結論を出す時を待っているだけでいい」

トーチに裁定を下すのは私だ。だから彼の罪について考えるのも私の義務だ。罪の本に触れて、赦したいとも赦さないとも言えないのは初めてだった。

トーチの件はもう少し慎重に知っていく必要があるだろう。

彼の罪の本はまだしばらく開かない。

きっと、私のこの予想が外れることはないだろう。

12

パノプティコンに戻ると、白い円卓の上に両腕を投げ出し、だらっと突っ伏している緊張感のないクロースと遭遇した。

「ずいぶんだらしない格好してるね……」

私が思わず声をかけると、

「気を張ることに疲れてさ。たまにはこうやってリラックスしないと、身体も精神もおかしくなっちゃうと思わない？」

という答えが返ってきた。クロースは脱力しきっていて、そのまま寝てしまってもおかしくなさそうだ。

彼女の言い分は十分に理解できた。こんな陰鬱な空間に閉じ込められ、二度の粛清を目にし、緊張は限界に達しているはずだ。意識的にリラックスするというのは意外と良い方法かもしれない。クロースはくるりと顔だけこちらに向けて言った。

「エスも一緒にだらけようよ。どうせずっと裁定のこと考えてたんでしょ？　この辺で息抜きしておかないと看守だって倒れるよ？」

「そ、そうかな……」

「そうだって。ほら、こっち来て」

クロースに言われるがまま、私も自分の席に座って、何も考えずに天板にだらりと突っ伏してみる。冷えた天板は気持ちが良かった。

考えてみればこの監獄に来てから頭を空っぽにした記憶がない。看守は常に囚人と裁定のことを考えるものだと思っていたし、粛清後は罪悪感も襲ってきた。だけどずっと緊張したままでいるのはあまり効率的とは言えない。集中力も下がるだろうし、心身に影響が出る可能性も高い。クロースの言う通り、こうやって全てを放り出す時間も必要かもしれない。

しかし看守がこういう風にだらけるというのは体裁的にどうなのか……と私は眉間に皺を寄せて悩む。すると、くすくすとクロースの笑い声が聞こえた。

「なに？」

「エス、皺が寄ってすごく変な顔……というか、正直ブスになってるよ」

「失礼な」

そう言って私とクロースはお互いに顔を見合わせる。それから私たちはふふっと笑みをこぼした。まるで学校の休み時間に友達との間で交わされる、くだらなくて、それでいてなぜか笑ってしまうようなやりとりだった。それがとても心地よかった。

「ねえ、エス。ミルグラムを出たら、どこかに遊びに行こうよ」

クロースはそう提案してきた。

「いいね。ここと正反対の、すごく明るくて楽しい場所に行こう」

「よし、約束だからね！」

そんな会話をしている私たちは年相応に見えたはずだ。看守と囚人という立場を一瞬だけ忘れて、私たちはここから出た後のことを夢想し、約束を交わす。

本当は二人ともわかっていた。私が看守として、囚人のクロースに粛清を下す可能性があることを。全てが終わった後、無事にこの監獄から解放される保証なんてないことも。

だけど私もクロースも気づかないフリをした。

何も考えずに済む、ほんの少しの平和な時間が私たちには必要だった。


その夜、私が監獄内の廊下を巡回していた時のことだ。

倉庫へと続く細い通路との分かれ道に差しかかった時、私は人の気配を感じ取った。

それと同時にかすかに水音のようなものが聞こえてくる。

一瞬、手首から血を滴らせるナーバスの姿が私の頭の中にフラッシュバックした。しかし私が知る限り、他に自傷癖を持つ囚人はいない。

それに今回は妙な息遣いも聞こえた。自傷とは違うだろう。音は倉庫の方角からしていた。私は曲がり角の壁に背中をつけて、そっと顔だけ出すように覗き込み、様子を窺う。目に入ったのは、予想外の光景だった。

荒い息遣い。断続的に続く水音のようなもの。

そこにいたのはクロースとツーサイドだった。

クロースがツーサイドを壁に押しつけ、彼の口の中に何度も激しく舌を押し入れていた。

気まずい現場を見てしまったと思いつつ、出るに出られず困っていると、ツーサイドがクロースの両肩をつかんで引き剝がした。

「クロース、もうやめよう。いきなりどうしたんだよ……？」

ツーサイドは動揺している様子だった。どうやら二人はお互いの合意のもとでキスをしていたわけではないらしい。状況から推測するにクロースが積極的に迫り、ツーサイドがなし崩し的に受け入れた形だろう。クロースは以前、食堂でツーサイドが好みのタイプだと言っていたが、あれは冗談ではなかったらしい。

クロースは胸に手を当て乱れた息を整える。耳まで真っ赤に染まっていた。

「だって……もうすぐあたしたちも死ぬかもしれないじゃない？　どうせ死ぬんだったら、欲求に素直になろうと思って。あたし、ツーサイドとずっとこういうことしたかったの」

「そんな素振り、今まで見せなかったじゃんか」

「それはただ我慢してただけだよ。でもあたしは無欲ないい子ちゃんじゃない。欲のない無垢な人間なんてきっとどこにもいないよ。みんな、ただ体面を保ってるだけ」

そこには私の知らないクロースがいた。一緒に円卓に突っ伏し、監獄を出た後の約束を交わして仲良くなったように思っても、実際はまだまだ知らないことだらけだ。

「ねえ、ツー。続き、しよ？」

クロースは再びツーサイドとの距離を詰め、唇を重ねようとする。

しかし、見覚えのある白い体躯《たいく》の小動物が私の前を通りすぎ、遠慮も何もなく、クロースたちの間に割って入った。

「はい、そこまで。己の欲に溺れる時間は終わりよ、クロース」

「ジャ、ジャッカ⁉」

素っ頓狂な声を上げて恥ずかしそうにするツーサイドと、邪魔をされて苛立ったように頬を歪めるクロース。その反応は対照的だ。

「……邪魔しないでよ、ジャッカ」

クロースは低い声で威嚇するように言う。

「それは無理な相談ね。――エスが条件を満たした。これより、囚人『クロース』の裁定を開始する」

「エスが条件を満たした？　このタイミングで？　あり得ないでしょ、ここにはあたしとツーサイドしかいない」

「いるわよ、そこの曲がり角のところに」

ジャッカは私が隠れている事実を少しの迷いもなくバラした。とんだクソうさぎだ。

私は観念せざるを得ず、クロースたちの前に姿を現す。

「その、悪いとは思ってるよ。でも、私は本当にたまたま通りかかっただけで……」

なぜか私の方がしどろもどろになって言い訳をすることになる。

クロースとツーサイドは全く気づいていなかったのか、驚いた表情でしばらく硬直していた。ひどく居心地の悪い時間が流れる。

それにしても皮肉な話だ。

裁定がいつ始まるかわからない。もうすぐ死ぬかもしれないから、と今まで隠していた自己の欲求通りに行動したクロース。だがその現場を私が見てしまったことで「囚人を知った」という判定になり、裁定が開始される運びになってしまった。

「ジャッカ、クロースの罪の本には触れなくていいの？」

「問題ないわ。今の光景を目にしたことで、彼女の裏の面は十分にわかったはずだから」

それだけ言うと、ジャッカはパノプティコンに向かってさっさと歩いていく。その後に続いたのはクロースだった。彼女は無言で私の前を通過していく。少し怒ったような表情をしていた。私とツーサイドだけがその場に残される。

「……場の雰囲気に流されてキスするのはどうかと思うよ。クロースを勘違いさせちゃうことになるから」

思わず口から出たのはそんな苦言だった。ツーサイドの「自分は迫られただけでそこまで乗り気じゃなかった」という言い訳がましい態度がちょっと気に障ったのかもしれない。

「も、もちろん後悔してるよ……」

ツーサイドは目を伏せて反省した様子でそうつぶやく。しかし彼の言葉はそこで終わりではなかった。

「でも――」

「でも？」

「気持ち、良かったんだ」

「……変態」

私は心底軽蔑した声色で吐き捨てるように言った。全く躊躇はなかった。

「ち、違う！　キスそのもののことじゃないっ！」

ツーサイドは慌てて否定する。私が依然として顔をしかめる中、彼は自らの唇に手を当てて不思議そうに首を傾げる。

「誰かが欲しているものを提供する。そのことが無性に気持ち良かったんだ。なんだか懐かしかったんだよ。だから、すぐにクロースを振りほどけなかった」

『誰かが欲しているものを提供する』。その言葉はツーサイドという人物を理解するためのキーワードかもしれない。彼はクロースにキスを求められ、彼女が欲する「キス」を提供した。そしてその行為自体を懐かしいと感じた。それは彼特有の感性だ。

「じゃ、じゃあ俺も先に戻ってるから！」

そう言ってツーサイドは走り去っていった。

今のやりとりは彼の人間性を知る上で今後の参考になるはずだ。しっかり覚えておこうと思いつつ、あまりみんなを待たせるのも悪いので、私もパノプティコンへ向かって少し早足で歩いていった。


全員が集まったパノプティコンには嫌な空気が流れている。

私とクロースはお互いに相手をちらちらと窺い、視線が上手く合わずにすれ違う、という何ともじれったいことを繰り返している。こんな気まずい思いを抱えたまま、罪の本を開くのか……と苦々しく思っていた私に向かって、

「ね、ねえ、エスっ！」

ボリュームを思いきり間違えたような大きな声でクロースが話しかけてきた。彼女も気が動転しているのだろう。

「な、なに？　クロース」

私も少し上ずったような返事になってしまう。

「……あたし、さっきから変なんだ。なんだかすごく間違ったことをしてしまった気がする」

星形のペンダントを握り締めて、クロースは小さく震える。

「こうやって追い詰められた時に、欲求を我慢できなくなる自分が怖い。冷静になった今、振り返って考えると、さっきのはあたしの知るあたしじゃないみたいで……」

「大丈夫だよ、クロース。この監獄に閉じ込められて、ずっとまともでいられる人間なんていない。きっと魔が差しただけ」

「……何の話をしてる？」

さっきのことを一人だけ知らないトーチは真顔で小首を傾げている。しかしもちろん、彼に一から説明するわけにもいかず、その場の全員が黙り込む。

「さて、お喋りは終わったかしら？　始めるわよ」

ちょうどいいタイミングでジャッカが口を挟んできた。すでに拘束具を解錠したクロースの罪の本をその手に持っている。

「――罪の本が開く。囚人名『クロース』。罪名【自愛の罪】」

自愛の罪。その罪名だけでは内容まではわからない。だが、自分の欲求に従うクロースを見て「囚人を知った」と判断されたということは、それが関係している可能性は高い。過去、彼女は何らかの自分の欲求に従い、そしてその結果、罪を招いたのかもしれない。

罪の本が円卓の中心にセットされて輝き出す。

紫色の光がパノプティコンを照らし出してクロースを包み込む。彼女も今までの流れを見てきたため、これから何が起こるか理解しており、その光を静かに受け入れた。
そしてクロースによる罪の語りが始まる。
私は静かに目を閉じ、耳に意識を集中させた。

罪の本　クロース

囚人名「クロース」
罪名【自愛の罪】
記述内容を開示。

高校三年生。夏休み明け。二学期。

あたしの通う高校の教室の空気は、あやまって熱湯に触れてしまった後の指先のようにひりついている。

一学期はまだマシだったように思う。だけど夏休みも終わり、大学を目指すクラスメイト全員がいよいよ受験生であるという自覚を明確に持ち始めたようだった。

あたしはその様子を冷ややかな目で見ていた。そもそもの話、真剣に大学受験に向き合っている人はそれこそ、一年生や二年生の頃から準備をしている。だからこの時期に、いきなり受験生としての心構えを語り始める奴は大抵、場の雰囲気に感化されただけの人間だ。そんなのに限って、無理に勉強時間を増やしたりするものだから、大きなストレスを抱えて苛立ちの塊みたいになっている。

そのせいで教室の空気は澱んでいた。可燃性のガスで満たされているような感覚だ。

大学受験を控えた教室というのは火薬庫に似ている。周囲に刺激を与えない慎重な振る舞いが求められるのだ。

クラスメイトたちは教室の中でいくつかのグループを形成している。それはどの学校のどの学年でも見られる普通のことだ。

だけどあたしは特定の一グループに依存するタイプの生徒ではなかった。

女子は仲間意識を重要視していて、どこかのグループに属さないといけない雰囲気がある。けれどあたしは多少空気を読めないフリをしてでも、クラスメイトの誰とでも気軽に話せる特殊な立場を築くのが常だった。グループ内でいちいち過度に空気を読んで、身の振る舞いを決めるのが苦手だったのだ。

だとしたら、少し稀薄《きはく》な関係性になったとしても、誰とでも話せるポジションにいた方が気楽だ。そしてそうやって過ごしていたからこそ、親友になれた相手だっていた。

あたしには親友がいた。

名前は湖上澄《こがみすみ》。

澄は一人で教室の隅にいることが多く、教室内を自由にふらふらしていたあたしが声をかけなければ、きっと卒業するまで一人でいたことだろう。出会ったのは、高校に入ったばかりの頃。それからずっと同じクラスだった。

澄は不思議な子だった。一人でいる時はとにかく地味でおとなしいのに、実際に話してみると、人好きのする愛らしい笑みを浮かべて、理路整然とした口調で話す。

普通の引っ込み思案とは明らかに違う。授業などで誰かと会話をする必要がある時は、言うべきことをはっきりと口にするし、周りの意見に流されることもなかった。誰かが助けを求めている時は迷わずに手を差し出す子で、「人間ができている」という表現がぴったりだった。そこだけを見ていると、とても魅力的な女の子だった。

しかし一人になると、どこまでも影が薄くなる。教室の隅でじっとしている。どちらが本物の澄なのかはわからなかった。

あたしはそんな変わったところに惹《ひ》かれて、次第に澄と一緒にいることが多くなった。


あたしには好きな男子がいた。

名前は海原信《うなばらしん》。三年生に上がる時のクラス替えで、初めて同じクラスになった。

海原くんはクラスの柱ともいえるリーダー的な生徒だった。明るくてノリが良く、クラスメイトのほとんどが彼に好印象を抱いていると思う。

彼は周囲をよく見ていた。受験勉強でノイローゼになりかけているクラスメイトがいれば、すぐに気づいて励ます言葉をかけた。教室でケンカが起き、雰囲気が最悪になった時も、率先して間に入り仲裁をした。

海原くんがいなければ、小さな問題がたくさん積み重なって、クラスは今頃もっと荒れていたと思う。みんなが彼に感謝していたし、彼がいない教室は考えられなかった。そしてあたしは、そんなふうに周囲の秩序を努力して保とうとする海原くんに惹かれていた。

あたしはよく澄に恋愛の話を聞いてもらっていた。

澄は聞き上手だった。どんな話でも嫌がらずに耳を傾けてくれた。あたしは、そんな澄に甘えるように何度も海原くんの良さを語っては彼女に苦笑された。

また同じ話、もう何回も聞いたよ。と澄は少し呆れたような声色で言う。それでも、澄はあたしの話を聞き続けてくれた。

海原くんの一番の特徴は「欲しい時に欲しい言動をしてくれる」ことだった。

ある時、あたしはクラスで一番大きな女子グループから呼び出され、延々とくだらない嫌みを言われた。あたしはクラス内のグループを自由に渡り歩き、どのグループの女子からもそれなりに好感を持たれていた。そのことを目障りに思ったらしい。

ようは嫉妬だ。本当にくだらない理由。こういうのが嫌だから、あたしはグループに属していないのに。

数人に囲まれ、三十分ほど「お前よりも私たちの方がクラス内の立場は上。少し好かれたくらいで勘違いするな」という内容の嫌みや皮肉を言われ続け、やっと解放された後のこと。あたしは平気な顔をしてその場を去ったけれど、心は疲れきっていた。相手がいくらくだらない存在だろうと、集団に囲まれて攻撃され、平然としていられるほどあたしは強くはない。

胸の星形のペンダントをぎゅっとつかむ。何か辛いことがあった時はこうしてこのペンダントを心の支えにしていた。これは中学生の頃、誕生日に兄からもらったプレゼントだった。

校舎の廊下の端。あたしはペンダントを優しく握り締め、開けられていた窓の枠に肘をついて外を見ていた。

「大変だったな、愛葉」

背後から名前を呼ばれて振り返ると、そこには海原くんがいた。どうやらあたしと女子たちのやりとりを見ていたようだ。

「女子は男子よりもネチネチしてて嫌だよな」

「あたしなら大丈夫。ああいうの、初めてじゃないから」

「でも傷ついてるじゃん、愛葉」

「どうしてそう思うの？」

「そりゃあ、いつもと全然違う表情で窓の外を眺めてたら誰だってわかるって」

海原くんはさらりとそう言ってみせた。でも、あたしは疑問に思う。

「いつもと全然違うってこと、なんでわかるの？」

「わかるよ、だっていつも見てるから」

思わずその言葉にドキッとした。

軽い調子で笑う海原くんに他意はないのだろう。だけど一瞬、なんだか告白みたいに聞こえてしまった。

「愛葉はもっと自信を持っていいと思うよ。クラスの大半は愛葉の味方だから。もちろん、俺も。愛葉がみんなに好かれてるからこそ、ああいう奴らも出てくる。だって愛葉に人気がなかったら絡んでこないでしょ？　あいつら」

ちょうど誰かにそう言ってもらいたかった。あたしは間違ってないって肯定してほしかった。望んでいた言葉を海原くんはあたしにくれた。

海原くんは本当によく周囲を見ている。こんな風に何気ない言葉で救われた生徒は他にもたくさんいるはずだ。そんな彼の優しさがまぶしくて、あたしは海原くんのことをよりいっそう日で追うようになった。

……あたしは心の底で愛情を欲しがっていた。

それをちゃんと自覚していたわけじゃない。全く愛情を与えられずに育ったわけでもない。ただ与えられた愛情の総量が他の人よりもちょっと少なかっただけだと思う。

　海原くんは相手が欲しがっているものを見抜いて、それを与えてくれる人間だ。彼はことあるごとに笑顔で話しかけてきて、その度に優しさや慰めなどの温かい施しをくれた。時には一緒に怒ってくれたり、傷を癒やすような言葉をくれたりもした。その全てには大きな愛情が込められていて、あたしはどんどんと海原くんに心を奪われていった。

　しかし、海原くんが誰にでもそうやって接しているということも理解していた。彼は単純にそういう人間なのだ。あたしの海原くんへの想《おも》いが日に日に募っていく一方で、海原くんにとって、あたしはただのクラスメイトの一人にすぎなかった。

　ふと思う時がある。海原くんは無差別に飼料を撒く畜産農家で、あたしは思考停止したまま餌を食べ、ぶくぶくと太り続ける家畜の中の一匹なのでは、と。

　そのくらい、海原くんとあたしの間には立場の差があった。


　二学期中盤のことだった。

　唐突に、本当に唐突に、親友の澄が教室で起こったとある事件の被害者となった。いじめ……ではないと思う。それは悪意によって引き起こされたものじゃなかった。むしろ正反対の属性を持つ不気味な何かだった。

　その何かが始まった日。

親友、湖上澄は――神に祀り上げられた。

あたしが登校して目にしたのは、黒板いっぱいに掲示された「澄がいかに素晴らしい人物か」を説く文章と、盗撮だと思われる澄の校内・校外での日常写真が印刷された、大量の張り紙の『群れ』だった。『群れ』という表現は間違いじゃない。そこにある張り紙は全て生き物のように生々しい質感を持っていて、じっと見つめれば、それらが命を持って細かく蠢《うごめ》き出《だ》しそうな、強烈な気持ち悪さがあった。

「湖上さんはとても綺麗だ」「湖上さんのことを見てほしい」「湖上さんは誰の話にも優しく耳を傾ける」「湖上さんのことを見てほしい」「湖上さんはどんな時でも冷静だ」「湖上さんのことを見てほしい」「気づいてくれ！」「湖上さんはもっと愛されるべき人間だ」「湖上さんのことを見てほしい」「湖上さんのことを見てほしい」「参考写真はたくさんある」「湖上さんのことを見てほしい」「この想いは恋じゃない。崇拝に近い」「湖上さんのことを見てほしい」「もし湖上さんを神とするなら、自分は神を支える熾天《してん》使《し》だ」……。

恐怖を覚えるほどの大量のメッセージは太いマジックペンで書き殴られていた。全部で四～五十枚はあったはずだ。犯人からすれば、太いマジックペンを使ったのは筆跡をわかりづらくするためという意味合いが強かっただろうが、その太字の威圧感、末恐ろしい熱量にクラスメイトたちは唖然《あぜん》とするばかりで、誰も張り紙を剝がそうとすらしなかった。

あたしが教室に着いてからすぐ、澄が登校してきた。

教室の光景を見て、澄は見るからに怯えていた。当然だ。向けられて恐怖を覚える感情は悪意だけだと思いがちだが、それと同じくらい、もしくはそれ以上にいきすぎた好意は受け手の心を恐怖に陥れる。

澄は引きつった表情で一分ほど黒板を眺め、目の前の事態をなんとか吞み込んだのか、張り紙を剝がし始めた。我に返ったあたしも協力して、その薄気味悪い紙の数々を取り除くと、細かく千切ってゴミ箱に捨てた。

でも気持ち悪さまでは拭いきれない。だってその紙に自らの崇拝心を注ぎ、黒板を埋め尽くした犯人はわかっていないのだから。

もちろん、クラスメイトたちは澄の味方だった。みんな同情的で、澄は一気にクラスの話題の中心となった。しかし、あたしはその流れを作ることこそが、犯人の本当の目的に違いないとうすうす思っていた。

澄は自らクラスの中心になろうとはしない人間だ。普段は教室の隅で地味に過ごしている人間だ。だが犯人の行動によって、澄は強制的にみんなの関心の的へと仕立て上げられた。そして他者と関わりを持つ時、澄は蠱惑的《こわくてき》な笑みを浮かべ、とても人当たりの良い性格に変化する。澄の魅力的な部分が犯人によって無理やり引きずり出されていた。

犯人は張り紙の中で「湖上さんを見てほしい」と繰り返し主張していた。犯人が大々的、パフォーマンス的に黒板を利用したのは、目立たない澄のことをみんなに認知させるためだろう。

犯人は「澄は素晴らしい」という持論を主張しながら、「クラスメイトたちに湖上澄の存在を強く認知させること」を並行して達成してみせたのだ。

犯人の派手な布教活動によって、クラスメイトたちは全員が澄のことをきちんと認識した。今まであまり交流がなかった生徒たちも、みんなだ。

数日が経過しても、澄の件は教室のあちこちで話題に上っていた。あんなことをされて澄のメンタルは大丈夫なのかという心配の声。そして、犯人は誰なのかという好奇の声が聞こえてきた。

犯人はクラスメイトたちから、ある名前で呼ばれ出していた。

熾天使。それが犯人を表す名称だ。

その名称は黒板に貼られた大量の紙の中の一枚に由来する。

『もし湖上さんを神とするなら、自分は神を支える熾天使だ』というメッセージ。

熾天使というのは神に仕える天使、その中で最上位の存在を指すらしい。ただの高校生のあたしたちには聞き慣れない単語で、どこか心の中に残ったのだろう。誰かが犯人のことを熾天使と呼んでから、それほどの時間が経たずにその名称はクラスに浸透していった。

あたしには嫌みを言ってきたあの女子グループの連中も、さすがに澄には同情的だった。彼女たちもあの張り紙を目撃していて全員が青ざめていた。他人よりも目立ちたいという願望を持つ女子たちでも受け入れられない一線というものはあるのだと、あたしはその時初めて知った。

一方で、熾天使の布教によって、澄を意識し始めた男子たちが少数いたことも事実だった。表立って発言する男子はいなかったが、「今まで全然接点がなかったけどよく見たら可愛いよな」「実際にちょっと話したんだけど、見た目と全然印象違ったぞ」という悪気のないささやきが聞こえてくることがあった。それも一つではなく複数。

澄は代わる代わる心配の声をかけてくるクラスメイトたちの相手でしばらく忙しくしていた。心配するフリをして、澄と会話をしようと近づいてくる馬鹿な男子たちはあたしが追い払い、澄は苦笑いをしていた。

初めの事件が起きてから三日後のことだ。

熾天使がまた動き出した。みんなが使っているメッセージアプリ。今度はそれを通して、張り紙に書かれていたのと同じ内容を列挙したメッセージがクラスメイトたちに送信され始めたのだ。もちろん、澄の画像も添付されていた。制服姿の写真から、休日と思われる私服の写真まで。可愛く笑っているものから、クールに整った表情のものまで、熾天使が好みのものをピックアップしていると思われるのが気持ち悪い。

送信元のアカウント名はそのまま『熾天使』となっていた。クラスメイトたちの個人アカウントにメッセージがランダムに送りつけられたが、もちろん誰もそのアカウントの所持者に心当たりはなかった。おそらく使い捨てのアカウントだろう。

だがこれでわかったことがある。熾天使はクラスメイトたちの連絡先を確かに知っているということだ。メッセージアプリ上にはクラスの多くの生徒が参加しているグループチャットが存在していた。そこの参加者リストを参照すれば、個々人宛てにメッセージを送りつけることが可能だ。

つまり、そのグループチャットの参加者の中に熾天使を名乗る人物がいることは確定だった。疑いたくはなかったけど、確実にクラスの誰かが犯人だということだ。

熾天使の今回のやり方は、澄にとってかなり対処に困るものだった。

黒板に紙が貼られたなら、それを剝がすだけでいい。だけど、クラスメイトたちのスマホにインストールされたメッセージアプリへ直接、メッセージを送信されてしまうと、ないのだ。

澄がそれを消すことはできない。

それどころか、どのクラスメイトにメッセージが送りつけられているのかさえわから

燐天使からメッセージを受け取ったクラスメイトたちが澄にその事実を伝えることを憚り、善意で黙っていたとすれば、教室は一見、何もなく穏やかなままだ。

しかしクラスメイトたちには着実に負担がたまっていく。

少しずつ、少しずつ。

みんなの心が蝕まれていく。

あたしは澄に近い存在だったからか、燐天使からの怪文書が送られてくることはなく、仲の良い女子から相談を受けて事態に気づいた。

そして澄のため、これ以上被害が拡大する前に、燐天使を潰そうと決めたのだった。


あたしは何人かのクラスメイトから協力を得て、燐天使のメッセージを記録・保存していった。仲の良い女子だけではなく、澄に同情的な男子たちにも手伝ってもらって、燐天使が一部の生徒グループの間のみで行われている悪ふざけじゃないことを証明しようとした。燐天使の迷惑行為の証拠はすぐに集まった。あとは学校に提出すればいい。

担任が相手にしてくれないようであれば、校長や教育委員会まで持っていくつもりだっ

た。

だがそんな時だ。

あたしのスマホが震えた。メッセージアプリに通知が一件。

差出人は——熾天使。

『話がしたい。明日、早朝の教室で待っている。一人で来てほしい。もしこれを無視したり、誰かに話したりしたら、湖上澄の安全は保証できない』

正直、クラス内で証拠集めをしている段階で、熾天使がコンタクトを取ってくる可能性については考えていた。しかし実際にこうしてメッセージが来ると、どうしても恐怖を感じざるを得ない。

あたしは迷う。指示を無視して誰かと一緒に乗り込むべきか。もしくは通報するべきか。だけど、相手は明らかに異常者だ。本当に澄の身に危険が降りかかったらと考えると、指示に従った方が安全だった。あたしは少しの間、一人で色々な選択肢を検討し、最終的に何よりも澄の安全を一番に考えて、熾天使の呼び出しに従うことにしたのだった。

翌日早朝。あたしは約束通り一人で教室を訪れていた。

扉をガラリと勢いよく開けて、静寂に包まれた教室内に踏み込む。そこには背を向けた男子生徒がいた。そいつが熾天使で間違いないだろう。敵意を込めて、熾天使の後ろ姿を鋭く睨みつける。

　犯人はほぼ確実にクラスメイト。知らない顔ではないと予想していたし、その予想は事実として当たっていた。

　すぐにその後ろ姿が誰のものか気づいた。しかしあたしは自分の目を疑う。その人物は思い描いていた、陰湿で粘着質な熾天使像と全く異なっていたからだ。

　人影がゆっくりとこちらを振り返る。

　そうして、笑みを浮かべていたのは。

　あたしがずっと好きだった男子——海原くんだった。

「海原、くん……？」

「クラスメイトたちは受験への影響を恐れて、問題を表面化させないと踏んでいたんだけど……湖上の親友である愛葉がどう動くか想定していなかったのは俺の甘さだ。愛葉が熾天使のことを学校に報告しようとしているのは知ってる。でも、そうされると困るんだ」

「海原くんが、熾天使なの？」

　海原くんは悪意など微塵も感じさせない無邪気な笑顔で答える。

「そう、俺が熾天使だよ」

あたしの心が、感情が、ぐちゃぐちゃになる。

……自分でも醜いと思うけれど。

織天使である海原くんが澄のことを病的に愛しているということに、あたしは激しい嫉妬を覚えてしまった。

自分には一切向けられることのない好意をうらやましく思った。それがどんなに異常なものだとしても。

海原くんはゆっくりとあたしに近づいてくる。

「――面白い話をクラスの奴から聞いたんだ。愛葉が俺のことを好きだって」

その言葉を耳にして、あたしはぴくりと身体を震わせる。あたしは澄以外の女子ともよく恋愛話をしていた。誰かから話が漏れる可能性は十分にあった。

あたしのすぐ目の前に立った海原くんは甘い声でささやく。

「だからさ、提案があるんだ。俺は愛葉の望むことを何でもしてあげる。その代わり、俺に協力してほしいんだ」

天使なんかじゃない。悪魔が、そこにいた。

海原くんはあたしに澄のことを裏切れ、と言っているのだ。

そんなことできるはずない、と強く突き放すのが正解だ。

だけど、だけど……。望むことを何でもしてくれる。それが言葉通りなら、あたしは海原くんと恋人同士になれるかもしれない。

ただのクラスメイトの一人ではなく、特別な存在になれるかもしれない。

何も返事をしないあたしに、海原くんはすっと顔を寄せてきた。そして唇を重ねる。

振り払うべきだとわかっていた。だけど、それとは裏腹に頭の中はぼんやりと幸せな気持ちで満たされていた。

海原くんは躊躇もなく舌を入れてきた。あたしは餌を差し出された動物のように、自分の舌を絡ませて、そのうちに何も考えられなくなった。

反吐《へど》が出る。自分に。

でも今この瞬間、海原くんはあたしだけを見ている。そして望むことをしてくれる。幸せな気持ちになれる。なら他のことはどうでもいい気がした。

熾天使のやっていることは気持ち悪いと思う。でも、よく考えてみれば澄に実害があるわけじゃないし、このまま放っておいても大丈夫だろう。もしかしたら、海原くんと仲良くなるうちに、止める機会があるかもしれないし。

そうやって自分を正当化する思考が瞬く間に脳内を埋め尽くした。

……ああ、あたしはどこまでも醜悪で。

本当に、救いようのない女だ。

長いキスを終えて、あたしは海原くんに聞く。

「澄のことが好きなんでしょ。それなのに、あたしとこんなことしていいの？」

だけど、海原くんは全く悪気を感じていない様子だ。

「織天使としてこれからも動けるなら、俺はなんだってするよ」

わかっていた。海原くんはあたしのことなんて眼中にないのだ。彼は口止めができるなら、特に好きでもない女とキスができる人間なのだ。

それでも。

協力関係を続ける間、あたしはこうして疑似的に海原くんと恋愛ができる。なら、それでいいじゃないかと思った。


海原くんはあたしに、メッセージアプリで新しいアカウントを作成させた。アカウント名は「織天使」。そして海原くんから送られてきた澄に関する文章や写真を、クラスメイトたちに送信していく。その間ずっと、あたしは心を落ち着かせるために、大切な星形のペンダントを握っていた。

そうしてあたしは海原くんと共犯になり。

親友を神に祀り上げる、新たな織天使となった。

こんなことを言うのは、とても醜いことだとわかっているけれど。

海原くんと共犯関係になってから、あたしは幸せだった。

あたしは海原くんに恋人のように振る舞うことを求めた。彼は拒まず、嫌がる素振りさえ見せなかった。

朝は駅で待ち合わせをして一緒に登校した。隣に海原くんがいる。それだけで気分が舞い上がった。あたしは海原くんと他愛のない話をした。昨日は家に帰ってから何をしたとか、今日は嫌いな先生の授業があるとか、平凡すぎる会話。

だけど、そんなやりとりだけでも楽しくなる。

それが恋だった。

どうしようもなく、恋だったのだ。

放課後は海原くんと抱きしめ合った。制服越しに感じる熱が愛《いと》おしかった。あたしがそうやって幸せを感じながら、海原くんの顔をふと見ると、彼はどこか遠い場所を見ていた。

この関係はまやかしだ。海原くんはただ澄だけを見ている。それでも、あたしは気づかないフリをして、偽りの幸せに、偽りの恋に身を浸し続けた。それだけで満足だった。

しかし、あたしが海原くんに協力するようになって二週間が過ぎた頃。

――教室の状況が一変した。

時期が悪かったと言ってしまえば、それまでかもしれない。

熾天使の件とは関係なく、日が経つごとに教室の受験ムードは加速していき、ひりついた空気はより強くなっていった。クラスのみんなが何かしらのストレスを抱えていた。

そんなクラスメイトたちの余裕のない心をさらに追い詰めたのが、あたしも送信に協力していた熾天使から届くメッセージだった。熾天使のメッセージにはいわゆる、迷惑メールとは明確に違う点がいくつかある。

一つは気持ち悪さ。一度目にしてしまえば、スマホを閉じてもかなりの不快感が後々まで残る。

もう一つは熾天使がクラスメイトを狙って送っている点。アカウントをブロックしても、熾天使は新しいアカウントで活動を行うだけだ。回避のしようがない。

そんな熾天使からのメッセージが執拗に届いたことで、最初は澄に同情していたクラスメイトたちも次第に苛立ち始めた。

勉強で疲れて休みたい時に熾天使からのメッセージを目にして、気持ち悪くなってしまう。これから大事な模試に向かうという時に熾天使からのメッセージが来て、模試の最中も熾天使のことが脳裏にちらつく。

しかしあたしの後に、教師や学校にこの問題を伝えようと言い出す生徒は一人もいなかった。学校に報告すればそれなりの時間が取られることは目に見えている。ただでさえ受験で大変なのに、下手に事を大きくして余計な面倒を増やしたくない。その考えは理解できる。

――そうして、集団の憎悪が形成されていった。

クラスメイトたちに対して、申し訳ないと思う気持ちはもちろんあった。でもあたしはそれよりも海原くんから与えられる餌を優先し、見て見ぬフリを続けた。あたしは海原くんが考えたメッセージを分担して送信しているだけ。それを見たクラスメイトたちがどう感じるかは考えないようにしていた。

集団の憎悪は急激に膨張していった。ただ、その憎悪をぶつける先がなかった。熾天使には実体が存在しないからだ。

だから結局、それは歪んだ形で発散されることになってしまった。

ある実力テストが返却された後のことだった。この時期のテストの結果というものは非常に重い意味を持つ。しかしクラスメイト全員がテストで良い点を取るなんて、そんな奇跡みたいなことは起こらない。良い点数の生徒もいれば、悪い点数の生徒もいる。それが世の常だ。

テストの点数が悪かったのだろうと思われる女子生徒がいた。前にあたしに対して、文句を言ってきた女子グループのメンバーだった。

彼女は最初、自分の席で泣いていた。ストレスでひりつく空気と同じくらい、あたしはこの湿っぽい空気も嫌いだった。

ひとしきり泣いた後、その女子生徒はある行動に出た。今思えば、それが全てを変えるきっかけとなった。

休み時間になったのと同時。彼女はダンッと両手で机を叩き、その鋭い音と共に立ち上がった。急に響いた大きな音に、教室は一瞬、しんと静まり返る。

女子生徒は周囲のことなどお構いなしにズカズカと乱暴な足音を立てて、教室を横切っていく。立ち止まったのは、澄の席の前。さすがに動揺した様子の澄に向かって、女子生徒は静かに言った。

「……全部、アンタのせいだよ。湖上」

彼女の瞳からまた涙があふれ出す。喉を震わせる。

「アンタが熾天使を呼び寄せたから、わたしたちにまで変なメッセージが送られてきて、全然勉強に集中できないのッ！　おかげでテストも散々な結果だったッ！　どうしてくれるのッ⁉」

確かに熾天使の存在がクラスに与えた影響は少なくないだろう。しかし同じ条件の中、成績が良い生徒もたくさんいる。熾天使に加担しているあたしが言うのもおかしいけれど、彼女の主張は単なる責任転嫁にすぎなかった。

「なんでアンタが同じクラスなのッ!? どっか別のクラスに行ってよッ! はっきり言うけど、アンタは疫病神なのよッ!」

喚く。あまりにも理不尽に。

止めに入るべきか悩んだが、海原くんと共犯関係になってから、澄とはなるべく関わらないようにしていた。澄のことを裏切りながら、彼女の前で嘘の笑顔を浮かべることはあたしには無理だったからだ。

だから少し躊躇していたあたしは、教室を包む空気が異様なことに気づいた。

喚く女子生徒に対して不快感を露わにしている生徒はもちろんいた。

だけど、苛立った視線を澄に向けている生徒もかなりの数存在していたのだ。

女子生徒への賛同者。熾天使のせいで本来なら抱える必要のないストレスを持て余しているクラスメイトたちが、声を上げた女子生徒に一定の理解を示していることを無言のうちに感じ取った。

潜在的に蓄積した行き場のない憎悪。それはもう破裂寸前だった。

——対応を間違えるとまずい。

あたしは本能的にそう感じた。

「……あのさ」

それまで黙って聞いていた澄がぽつりとつぶやく。

「――それ、本当に私のせいかな？」

「なっ――」

澄の思わぬ反撃に、女子生徒は息を呑む。澄はいつもより攻撃的な口調で続けた。

「熾天使がみんなに迷惑をかけていることはなんとなく伝わってるよ。でも、それとテストの結果が悪かったことは関係ないでしょ？」

珍しく澄も苛立っている様子だった。口調は淡々としていて、正論を並べているだけだが、その目は女子生徒を睨みつけていた。

女子生徒はヒステリックに甲高い声で喚く。

「じゃ、じゃあ、わたしが単純に馬鹿だって言いたいわけ⁉」

その喚き声が気に障ったのか、澄は斬り捨てるように冷たい声で言った。

「そうだよ。あなた――馬鹿なんじゃないの？」

ぞっとするほどの静寂が訪れた。三十数人がいるはずの教室。しかしまるで音がしない。クラスメイトたちの無言の視線が澄を貫いていた。

澄はそこでようやく、自分がケンカ腰になりすぎたことを自覚したようだが、対処するにはもう遅かった。相手の女子生徒はよほどショックだったのか、澄の前で大泣きを始めてしまったのだ。

そこには加害者と被害者の構図が完全に出来上がっていた。

周囲の視線が澄を突き刺す。無言の圧力。行き場のなかった憎悪の捌《は》け口《ぐち》を見つけたとばかりに爛々《らんらん》と輝く視線も混じっている。

――その瞬間から、澄は教室の中で孤立した。

そしてクラスの人間たちはその日から徐々に、澄をストレス発散の対象とするようになっていった。


「死ね」「アイツがいなきゃこんなことにならなかったのに」「これで大学落ちたらどうしてくれんの?」「お前らやめとけって」「熾天使って実はあの女が目立つための自作自演だったりして」「マジで鬱陶しい」「通知うるさいんだけど」「みんなのために学校来るのやめてくんねえかな~?」「勉強の邪魔」「注目されて楽しいのかね?」「イライラするわ」「ほんと迷惑」


これは『澄を省いた』悪口専用のクラスグループチャットの内容、その一部抜粋だ。厳密に言うと、親友だったあたしや正義感の強そうな生徒も数名招待されていない。

海原くんが慌てた様子で相談してきたことで、あたしは初めてそのグループチャットの存在を知った。

「ど、どうすればいい？　俺は、こんなことを、望んでたわけじゃ……」

海原くんはかなり動揺していた。なんとか澄への悪口を止めようと、表の海原くんとして、チャットで誹謗中傷《ひぼうちゅうしょう》をやめるように注意しているようだが、どんどんと流れていく悪口の前には無力だった。

「な、なんで誰も俺の言うことを聞かないんだよ！　い、い、いつもはみんな俺の思い通りになるじゃんか！　なんで、なんで……っ」

集団の流れを一個人が変えることなんて不可能だ。しかも何か強烈な感情に基づいている場合は特に。

「おい、やめろ……やめろ！　クソ、湖上の魅力がわからない……この、クズどもが！　クソ、クソ、クソ！」

駄々をこねる子供のように醜態を晒《さら》す海原くんの姿をあたしは白けた目で見ていた。好きだった海原くんの幼稚な中身が露呈する。見るに堪えなかった。いつかこうなる可能性があることくらい、海原くんだってわかっていると思っていたのに。

あたしは自分が海原くんと共犯にならず、彼をちゃんと止めていれば、この事態は防げたのだろうかとぼんやり考える。罪悪感が全身に回っていた。あたしは心の支えにしていた星形のペンダントを握り締めた。

クラスメイトたちの行き場のない憎悪は「全て澄に向けていい」というおぞましい共通認識がクラス内に生まれつつあった。

「湖上澄さえいなければ、熾天使が自分たちの勉強やプライベートの時間を邪魔してくることはなかった」。クラスメイトたちはそんな理屈をこねて自らを正当化した。

悪口専用のグループチャットを主導したのは、澄と言い争った女子のグループのメンバーたちだった。それに賛同し、チャットに参加するクラスメイトは思ったより多く、二十人以上が一度はメッセージを送信しているようだ。

グループチャットには教室での澄の言動を逐一実況する男子や、澄が更衣室で着替えているところを盗撮した画像を投稿する女子、現実でちょっと身体をぶつけてくるわと言って、わざと澄に肩をぶつけて見せる奴。そんな連中であふれ返っていた。

澄が教室に入れば、彼女の耳に入るように陰口を叩き、偶然を装って足をかける。遠くから用もないのに声をかけ、澄が近づいてきたら逃げる。

しまいには、グループチャットでのやりとりの一部を撮影した画像を、発言者の名前だけ塗りつぶして、澄に送りつけるということまで行われたようだった。

熾天使になってしまったあたしは澄に手を差し伸べることができず、ただその様子を見ているしかなかった。

澄は休み時間、どこかへ姿を消すことが多くなった。教室にいるのが辛いのだろう。でもあたしにはどうすることもできない。助ける資格がもうないのだ。罪悪感はどうしようもなく膨張して、その頃には常に吐き気がするようになっていた。ペンダントを握り込みすぎて、手の皮が大きく剝けてしまっていた。

海原くんは表の顔で澄を擁護することに必死だったけど、クラスの人気者が澄の味方をしているということが逆に火に油を注ぐ結果となって、澄への攻撃が激化するだけだった。

そんな日々がしばらく続いて。

……何の前触れもなかった。

ふと気づいた時、あたしの心はぺしゃ、と膨らんだ罪悪感に容易く潰された。

ある朝、高校に行くことができなくなった。

あたしは海原くんと共犯関係になり、澄を裏切った。そしてクラスメイトたちの憎悪を膨らませて、澄を地獄に叩き落とした。

もう澄と顔を合わせるのが辛い。熾天使になんて本当はなりたくなかった。

あたしは海原くんとの恋愛ごっこさえも放り出して、自室に引きこもるようになった。

結果的に全てを失った。親友も、恋も。

部屋に引きこもって何日か経った頃。真っ暗な部屋の中であたしのスマホが震えた。手を伸ばし、画面に映ったメッセージを目にして硬直した。

それからぎゅっと首から下げたペンダントを握り締める。

クラスメイトから届いたメッセージ。そこには動揺した文面で、最悪の現実が綴《つづ》られていた。


澄が、死んだ。


その事実を知らされた後、あたしが混乱した頭で最初にしたことは、全ての情報の開示だった。右手でスマホを操作しながら、左手でペンダントを握り締める。どこまでも強く握ったせいで左手の肉は裂け、血が流れ出していた。

あたしは全ての元凶である熾天使のことをこのままうやむやにするのが嫌だった。今まで海原くんがやってきたことを文章にまとめ、メッセージでのやりとりの一部を画像として保存し、クラスのグループチャットに全て送信した。

ただ、自分が手伝っていたという部分は証拠を集めるために海原くんを騙していたということにした。つまらない自己保身だった。

少しして、あたしが送ったメッセージに対してクラスメイトたちが反応を始めた。グループチャットに表示されていくのは海原くんへの罵詈雑言《ばりぞうごん》。今までの恨みを晴らすようにどんどんとメッセージが書かれていく。憎悪が膨張していく。クラスの中心人物として、みんな海原くんを必要としていたはずなのに、手のひらを返すのは一瞬だった。澄を殺してなお、この集団は学習しないなとあたしは自分を棚に上げてうすら笑う。

クラスのグループチャットを閉じ、あたしはそこである女の子のことを思い出す。

澄のことをすごく慕っていた河井という子だ。別の学校に通っているはずだから、あたしが教えてあげなければ、澄が亡くなったことをしばらく知ることはできないだろう。

そう思って、なぜかそんなに親しくもない河井さんに連絡をした。

きっと何かしら手を動かしていなければ不安だったのだろう。ふと、クラスメイトたちに送った海原くんの情報のことが頭をよぎった。

そして澄が死亡したというメッセージを送った後に、少し迷ってから海原くんの情報を河井さんにも送った。

河井さんは生真面目でそれ故に精神的に不安定な子だった。澄に依存していて、学校が別々になった今でもそれは変わらないと澄がぼやくのを聞いたことがあった。事件の詳細を教えたのは、そんな河井さんから澄を奪ったことに対する謝罪のようなものだった。なんで澄が死んだのか、河井さんも知りたいはずだ。……なんて言って、結局はずっと落ち着かない心をなんとか静めるために、色々と言い訳をつけて、ひたすら手を動かしたかっただけなのだと思う。


その夜、あたしは自殺を試みた。澄の後を追うように。でも、あたしは本気で死ぬことができなかった。中途半端に行動した結果、手ひどく失敗した。

あたしは自殺失敗の代償として、病院で寝たきりになってしまった。


ぼんやりとした暗闇の中に、かすかな意識が残っていた。

あたしの世話をしてくれていた看護師さんらしき女性が、部屋に入ってきた誰かに気づいて声をかける。

「白波愛葉さんのご家族の方ですか？」

「ええ——」

それはよく知った声だった。

そうだ、切羽詰まって周りが見えなくなっていた。

プレゼントしてもらったペンダントをずっと握り締めて、心の支えにしていたのに、ペンダントをくれた本人に助けを求めるという発想がなかった。

一度くらい相談すればよかったな。

心配かけてごめんね。

「——兄の白波涼一郎です」

お兄ちゃん。

そう後悔したのと同時、あたしの意識は完全に暗闇の中に消え失せた。

13

「囚人『クロース』――本名、白波愛葉。その罪の開示を終了する」

ここに来て囚人間の繋がりが明らかになりつつあった。

クロースこと白波愛葉は、ジェントルこと白波涼一郎の妹だった。

私は深く長い息を吐く。ジャッカは最初から知っていたのだろうけれど、そんな素振りは一切見せなかった。今も全く態度に変化はなく、事務的に言葉を続ける。

「罪の本は役目を終えた。白波愛葉に全ての記憶が戻る」

「……こんな記憶は、いらない」

意識を取り戻したクロースは心底嫌気が差したようにつぶやいた。

「散々周囲に迷惑をかけて、自殺しようとして、あたしってどこまでひどい人間なの？」

かける言葉がない。どう慰めても現実は変わらない。

「おまけにジェントル……お兄ちゃんのことまで責め立てた。お兄ちゃんがああなったのは、あたしが原因だったたっていうのに……」

クロースは自分が今まで頼ってきた星形のペンダントを手のひらに載せ、うっすらと涙の滲んだ瞳で見つめる。そのペンダントはジェントルがプレゼントしたものだった。あまりにも皮肉が利きすぎている。

囚人の中でジェントルの罪を一番強く非難し、私の裁定の肩を持ったのがクロースだった。監獄内での今までの言動、その全てがはね返ってきて、彼女はただ後悔することしかできない。

「お兄ちゃんは記憶がなくても、あたしが好きだったハンバーグ、作ってくれたのに」

……ジェントルは記憶が戻った時、クロースが自分の妹だということに気づいたのだろう。だからこそ、彼は取り乱し、ジャッカによって呼吸停止に追い込まれた。

ミルグラムは、「監獄の環境を破壊する発言・行動」を禁止した。その意味がようやく理解できた。ジェントルがあの場で、クロースが実の妹だと明かす発言をしたり、そうと示唆する行動を取ったら、裁定に大きな影響が出ていただろう。それを抑止するために禁止項目が設定されていたのだ。

だがそうなると、新しく気になる事柄が出てくる。言動を制限されたのはジェントルだけじゃない。ナーバスも同じだ。

『織天使』という存在がナーバスとクロース、両方の罪の本に出てきており、それらは同一の人物——海原信で間違いないだろう。またそうなると、ナーバスが好きだった『先輩』とは、クロースの親友である湖上澄で確定だ。

白波兄妹《きょうだい》以外のところでも、罪の本のエピソードが繋がりつつある。

嫌な予感がする。もしかしたら、ここに集められた囚人たちは――。

クロースは悲しげな表情で私やツーサイドのことをじっと見つめた。数秒の沈黙があった。何か言おうと口を開きかけ、それからジャッカを一瞥して、諦めたように口を閉ざす。

「……ここでずっと後悔していても仕方ないよね」

気づくと、クロースは立ち上がっていた。両目から涙を流して、それを拭くこともせず、それでも力強い表情で前を向く。

「あたしは進む。そして罰を受ける。エス、尋問室で待ってるよ」

そう告げて、クロースは尋問室へと歩いていった。彼女の口ぶりからするに、ひどい行動をしてしまった自分に粛清が行われることを望んでいるようだ。

確かにクロースは親友を裏切って最悪の結果を招いた。しかしそれが粛清に値するかどうかはまだ判断がつかない。

「あーあ……もう意味がわからねえ」

ツーサイドは頭を抱えて、背もたれに大きく倒れ込んだ。

「ジェントルとクロースが兄妹？　クロースは結局、寝たきりの状態から回復したのか？」

彼の疑問はもっともだった。何かが引っかかる。トーチも額に手を当てて、何か考え込んでいるようだ。

まだ私たちに隠されていることがある気がした。

……きっと、実際にそうなんだろうと思う。あのジャッカが最初から全てを話しているとは思えない。

ともかく、今は囚人尋問だ。記憶を取り戻したクロースと話すことでわかることもあるかもしれない。私はツーサイドとトーチをパノプティコンに残し、ひとまず尋問室へ急ぐことにした。


「――エス、あたしに粛清を与えて」

尋問室の椅子に着いた瞬間、クロースは力強い口調でそう要求してきた。彼女の瞳には覚悟の光が宿っていた。粛清を受ける覚悟。今まで見てきた囚人たちみたいに、ぐちゃぐちゃな死体になる覚悟だ。

しかし、私はクロースを赦してもいいと思っていた。

彼女の浅はかな行動が結果的に親友の死を招いたとしても、あくまで直接的に他人を殺したわけではない。ならば、ヒトゴロシの罪には問えない。

「……エスが今、何を考えてるかわかるよ。あたしが直接殺したわけじゃないから、赦してもいいんじゃないかって思ってるんでしょ？」

クロースは私の目をまっすぐ見て、目つきを鋭くする。

「でも、あたしはあなたに断罪してもらわないといけないの。そうじゃなきゃ、あたしの後悔が消えることはない。親友の死と正面から向き合わなかったあたしが罰を受けられる最後のチャンスなんだよ。絶対に赦されるわけにはいかない！」

彼女が自分の罪から逃げ続けたのは事実。親友を裏切り、追い詰め、罪悪感から学校に行くのをやめて、自殺を試みた。

そんな彼女が罰を望む気持ちはわかる。しかし、囚人が粛清を欲しているからといって、その通りにしてあげるのが看守の仕事ではない。

あくまで、彼女が間接的に親友を死に追いやったことが罪になるのかどうかを判断するのが仕事だ。

私にはクロースの裏切りが親友の死にどれくらいの影響を与えたのかわからない。もしクロースが裏切らず、熾天使の問題を学校に訴えていたとしても、どこまで学校が介入したかもわからない。いじめを認識しながら、一見対応しているような素振りを見せつつ、うやむやにするような教師だって多い。

クロースが裏切ったとしても、そうじゃなかったとしても、熾天使が存在し、憎悪を膨らませたクラスメイトたちがいた以上、同じ結果になったのではないか。だとすれば、クロースに全く非がないとは言わないものの、死という罰は重すぎるのではないか。

私はそう考える。

「そろそろ時間よ、エス」

いつものように強引に制止してくるわけではなく、あくまで事務的にジャッカがそう教えてくれた。私とクロースは沈黙したまま簡素なパイプ椅子から立ち上がって、パノプティコンに戻る。その間もクロースはずっと、興奮したように目を薄く血走らせていた。


「これより、看守から囚人『クロース』への裁定が下される」

何度繰り返しても、この瞬間に慣れることはない。円卓についた囚人たちが一斉に私に注目する。

「さあ、看守エス。あなたは囚人名・クロース、本名・白波愛葉を『赦す』? それとも『赦さない』?」

私の答えは決まっていた。一度目を閉じ、自分の考えを最終確認する。

クロースの行動が招いた結果はともかく、彼女自身は直接的に、他人に危害を加えたわけではない。

だから、私は——。

「――赦さないで！」

「ぐぁ!?」

クロースの甲高い叫び声が聞こえた。

それと同時、ツーサイドの悲鳴が聞こえて私は閉じていた目を急いで開く。すると、クロースがツーサイドを背後から羽交い締めにして、無理やり椅子から引きずり上げたところが目に入った。彼女は自分の首に下げていた星形ペンダントを外し、その星の尖った先端をツーサイドの右目すれすれに突きつけている。

「うぁ、うわあああああああっ!!」

「ツー、動かないで！　暴れたらこのまま目を潰す！」

両目を見開いて恐怖の表情を浮かべるツーサイドは、クロースの脅しに息を呑む。

「エス、あたしを赦しちゃダメ！　もし赦すなら……残念だけど、ツーサイドの右目は一生失われる。あたしは本気よ」

「クロース、冷静になって！　あなた、ツーサイドのこと好みだったんでしょ！　そんな人を人質にするなんて――」

私はクロースを止めようと必死に言葉をかけるが、クロースは鼻で笑って一蹴した。

「そんなの記憶が戻る前の話でしょ？　あたしは今なら躊躇なくツーサイドの目を突ける」

どうすればいい。冷や汗が出る。混乱する。

「……絶対にダメ。エスは、あたしを、赦しちゃダメなのッ!!」

そうだ、と私は動転した頭で思いつく。

「ジャッカ！　クロースの呼吸を停止させて！　彼女の行為は監獄のルールに明らかに違反してる！　ねえ、そうでしょ！」

そもそも私がこうやって頼む前に、ジャッカがクロースに対して何らかのペナルティを与えるべき場面だ。

しかし。私が頼ったウサギもどきは満足そうに笑っていた。

「……これはこれで興味深いわね。こうやって極限状態に置かれた時、エスの裁定に影響があるのかないのか。アタシ、気になってきたわ」

その言葉に心の底から腹が立つ。いつも私たちを弄ぶジャッカは今回もルールを無視して、クロースを野放しにしようとしている。

「ねえ！　エス、考え直して！　あたしがここで赦されたら、もう二度と罰を与えてくれる人はいない！　お願い、お願い、お願いだから！　あたしをきちんと裁いて！」

私の頭の中にクロースの激しい叫びが次々に流れ込んでくる。

彼女は鬼気迫る表情で星形ペンダントの先端を徐々にツーサイドの右目に近づけていく。鋭利な先端が彼の瞳に軽く触れた。もう時間がない。

ツーサイドが悲痛な声で私に懇願する。

「た、助けてくれ、エス！　クロースを――殺してくれッ！」

ここで意味もなくツーサイドの目が潰されるのを黙って見ているわけにはいかない。

クロースはすでに正気を失い、この監獄にとって有害な存在となった。

だから私は心を決める。この裁定は、仕方がない。

「――わかった。私は『クロース』を、赦さない」

「看守の裁定を正式に受理」

私が下した裁定を聞いてクロースはほっと安心したようにペンダントを持つ右手を下ろす。ツーサイドは解放され、彼は全力でクロースから距離を取った。

もう感情がぐちゃぐちゃだった。なんで粛清を下す側の私が葛藤して、粛清を受ける側のクロースが達成感に満ちたような表情を浮かべているのか。

間違っている。全てが。

粛清装置の耳障りな駆動音が部屋を満たす。

「エス。もしまたどこかで、違う形で、出会うことがあったら――」

クロースは優しげに笑みを浮かべる。その頬から流れ落ちた涙がきらりと小さく輝く。

「――今度はずっと、最後まで、」

彼女の言葉は途中で遮られた。

円卓の天板の一部が開き、そこから一本のナイフが射出された。それは正確にクロースの胸を射貫《いぬ》き、その血飛沫が私の頬にべちゃりと付着する。

背中から倒れ込んだ彼女に床が反応し、大量の槍《やり》が突き出される。それらは彼女の背中の肉を容易く突き破り、クロースの身体は槍に串刺しにされた状態でゆらりと持ち上がった。

クロースの瞳はまっすぐ天井の仄暗い闇を見上げていた。でもその瞳の奥にはもう彼女の意識も、魂も存在しないだろう。星形のペンダントが遠くの床に投げ出され、血に染まって悲しく輝いていた。

私は死体を見ても、それほど動じることがなくなっていた。目の前にどんな惨状が広がっても、心の中に広がるのは静かな悲しみの感情だけだ。

「囚人が『赦さないでくれ』と願ったのは今回が初めてだったわね。そして実力行使によって、エスの判断に影響を与えた。新しいパターンのデータが取れたわ。あなたは優秀な看守ね」

「――て」

「ん、何か言ったかしら？」

「――黙って」

どこまでも冷たい声色でジャッカを睨み、頬に付着したクロースの血液を乱暴に手の甲で拭う。私はジャッカという存在に、これまでにないほど不快感を覚えていた。

「あら、最初は囚人と友達ごっこをしていた看守がずいぶんと怖くなったものね。そんなあなたに朗報よ。クロースが関わった事件の内容を知った時点で、ツーサイドの罪の本を開くことができるようになったわ。あなたはもう十分、ツーサイドのことを知った」

「……え、え？　なんでだよ？　なんでクロースの事件を知ったら、俺を知ったことになるんだ？」

ツーサイドは思わぬ展開に気が動転しているようだった。ただでさえ、クロースに目を潰されそうだったのだ。今度は自分の罪の本が開くということを知り、彼はひどく混乱している。だが私にとってジャッカのその言葉は、ある推測を裏づけるものだった。

ジェントルとクロースが兄妹であり、『熾天使』という共通の存在が複数の罪の本に出てきた時点で予想はできていた。

――おそらく、この監獄に集められた囚人たちは全員、何かしらの繋がりがある。そういった人間たちをジャッカは集めてきたのだろう。何を考えているのかは知らないが非常に気分が悪かった。

クロースの死体が片づけられた後、私たちはまたすぐに円卓へと戻った。

「何がどうなってんだよ、エス……俺、怖いよ」

ツーサイドは身体を震わせて、椅子の上で膝を抱え丸くなっていた。彼の明るさはどこかに消え、この恐ろしい監獄に対し、強烈な拒否反応を示し始めていた。無理もない。彼にとっては想定外の連続だ。心の準備などできるはずがなかった。

しかし、私はツーサイドに時間を与えるのは危険だと考えていた。不安定な精神状態の囚人が何らかの問題を起こすことは、ナーバスの自傷、クロースの実力行使で証明済みだ。

罪の本を開くことができるというのなら、早めに決着をつけてしまうべきだった。ツーサイドが凶行に走ってしまう前に。

「ジャッカ、ツーサイドの罪の本を円卓へ」

「了解よ、エス。――罪の本が開く。囚人名『ツーサイド』。罪名【崇拝の罪】」

ジャッカはあらかじめ回収していたツーサイドの罪の本を円卓の中央にセットした。

輝く紫の光が怯えるツーサイドに向かって飛んでいく。

そうして、彼の瞳は紫色に輝いた。

罪の本　ツーサイド

囚人名「ツーサイド」
罪名【崇拝の罪】
記述内容を開示。

湖上澄を好きになった時のことを思い出すなら、中学時代まで遡らなければならない。当時の俺はアイドルとゲームが大好きで、人見知りなクラスの隅にいるような人間だった。

初めて湖上と出会ったのは、中学一年生の時。当時、選択制の授業があり、自分の選んだテーマの授業を週に一度受けていた。

選択授業は各クラスの希望者が集まって、一つの教室で受ける仕組みだった。

ただでさえ人見知りなのに、他のクラスの知らない奴が多く、結構な苦痛だったことを覚えている。だが結局、顔触れが変わっても中学生の教室内のノリというのは変わらない。騒がしい連中が教室の中心を陣取って、俺みたいな人間は端に追いやられる。

その教室の中に、湖上澄がいた。

俺の席は教室の一番後ろの右隅で、湖上はその一つ前だった。俺と同じで彼女も一人でぽつんと椅子に座り、誰とも話さずにいた。

湖上の最初の印象は俺と似た人間が他にもいるんだなというもの。ちょうど前の席だったから、授業中、暇な時は彼女の後ろ姿をぼんやりと眺めていた。よく見るほどに、湖上が綺麗な女の子だということに気づく。プリントを回す時に振り返った彼女の顔は美しかった。

湖上の魅力は外見だけじゃない。彼女はいつも一人でいて地味な印象だったけれど、俺とは違って対人関係が苦手というわけではないようだった。

授業の中で教師に指されれば、全く動揺することなく鮮やかに回答し、課題についての発表が優秀だったということで表彰された時も、人当たりの良い笑みで周囲に好印象を与えていた。

湖上は不思議な少女だった。一人でいる時の沈黙した姿と、誰かを相手にする時の姿がまるで別人のように見えた。

俺は気づけば、そんな彼女のことが気になって、いつも目で追うようになっていた。教室に着いたらまず彼女が来ているかどうかをチェックする。いれば、ちらちらと視線を向けるし、いなければ早く来ないかなと心待ちにする。

それが恋心だったのかと聞かれると、返答に困る。

少なくとも、中学生の時の俺は恋心だと思っていた。だけど今考えれば、湖上は俺にとって憧れの人物だったのかもしれない。

自分と同じように、普段は教室の隅でじっとしている人間でありながら、彼女は人と交わる場において隠れた魅力を発揮する。それは自分にはないものであり、彼女のようになりたかったのかもしれない。


一度だけ、湖上と大きな接点を持ったことがある。

教室でバカ騒ぎしていた男子連中がふざけて押し合いを始め、その中の一人が体勢を大きく崩して俺の机をなぎ倒したのだ。机の上に置いてあったノートや筆箱が全て床に散乱して、消しゴムなんて手の届かない教室の真ん中らへんまで転がっていった。

俺は突然のことにぽかんと口を開けていた。「あーわりぃわりぃ」と全く悪びれた様子のない男子。頭にきて何か言い返してやりたかったが、人見知りの俺は口をパクパクと動かすだけで言葉が出てこなかった。「なにこいつ、きも」と男子の仲間たちが集まってきて、俺のことを嘲笑する。教室中の視線が集まっていた。

俺は被害者のはずだった。なのにいつの間にか晒し者にされ、笑われていた。

恥ずかしくて、怒鳴りたくて、それでも俺は何も言い返せない。

無様だった。今すぐ教室から飛び出して、どこかに逃げてしまいたかった。

そんな時だ。

湖上が俺を守るように立ち塞がったのだ。その颯爽とした姿はとても綺麗だった。窓から風が吹き込んで彼女の髪がしなやかに揺れる。その目は鋭く男子たちを睨んでいて、俺と違って怯えなんかどこにもなかった。

「ねえ、あなたが悪いはずなのに、なんでこの人のことを笑っているの？」

その声は凛と張っていて透き通っている。それでいて強烈な威圧感があった。彼女は思ったことを、ささやかな怒りを、的確に言葉にしていた。普段は教室の隅でじっとしている俺と同じ人種。だが、湖上澄はこうやって衆目の中で行動を起こす時、見違えるほどの魅力を放つ。「い、いや……こいつの反応が面白くて、ちょっとからかっただけだよ」と男子は腰が引けたように言い訳をした。

「そう、でもあなたがするべきことはからかうことじゃなくて、この人にきちんと謝ることだよね？」

湖上の淡々としていて、それでいて諭すような言葉にその男子は屈した。彼は俺にちゃんと頭を下げて謝ると、横転した机を元に戻し、転がった消しゴムも拾ってきた。

教室で起こった小さな騒動はそれで終わりを迎えた。

俺は湖上にお礼を言おうとしたけれど、その時にはもう彼女はいつも通り、一人で沈黙を貫いていて、情けない俺は感謝の言葉さえ伝えられなかった。

あとに残ったのは、魅力的に髪を揺らす湖上の美しい姿。

それをきっかけに、俺はより湖上に興味を持つようになったのだった。

一年間の選択授業が終わる三月。

俺は、湖上に告白をした。

授業終わりに呼び出して、俺はかなりの回数噛みながら、たどたどしく想いを伝えた。繰り返しになるけれど、その頃の俺は湖上に恋愛感情を抱いていると思っていた。

あまりにも挙動不審だったので、俺の気持ちが湖上にきちんと正確に伝わったかどうかは定かではない。しかし、どうやら告白されているらしいということには気づいてもらえたようだった。

そして彼女は一瞬不自然な沈黙と共に、俺の顔をじっと見た。何かを考えるように。

それから、「ごめんなさい」と俺に言った。人生で初めて告白をして、初めてフラれた瞬間だった。そこで終わればただの失恋だったかもしれない。だけど、湖上はもう一言だけ続けた。

「えっと。そもそも君は誰かな？」

ああ。とそこで俺は気づいた。

俺は一年間、湖上のことを観察し続けて、他の連中が知らないような細部、振る舞いや仕草、癖まで知り尽くした。

だけど一方で、湖上は俺のことなど全く眼中になかったのだ。

――そして。

俺はその時、湖上のその困惑した表情にある種の気持ち良さを感じてしまったのだった。自分が焦がれても、相手からは認知すらされない。その関係性に奇妙な快感を覚えてしまった。湖上が立ち去った後も、俺は一人、にやける口元を必死で隠していた。

あの時、俺は道を踏み外したのだと思う。

そうして、その先には熾天使が待っていた。

熾天使。高校の教室で湖上澄を祀り上げることになる俺のもう一つの顔。

その原点はちょうど中学一年生の時に応援していたアイドルの女の子にあるように思う。世間一般には知られていなかったが、オタクの間ではそこそこ知名度があったアイドルグループに彼女は所属していた。

その頃から俺は気に入った相手のことを、自分とは別世界にいる特別な人間だ、と区別する癖があり、そのアイドルの子のことを『女神』として祀り上げていた。

しかし世間の評価が俺と同じとは限らない。彼女のグループ内での人気は最下位。俺はライブイベントが開催される度に足を運んで『女神』を熱心に応援していたが、彼女のグッズをたくさん買うといったような金銭面での支援をすることはできなかった。中学生の財力にはどうしても限界があった。

他の大人のオタクたちは応援している子のグッズをたくさん買って支えていた。俺は自分の応援の気持ちを形にできないことに苛立っていた。

俺の『女神』は常にステージの隅でパフォーマンスをしていて、ライブ中の笑顔に少しずつ陰りが見えるようになっていった。オタクたちの間では、そろそろ彼女は卒業させられ、代わりに新メンバーが入るという噂《うわさ》まで広がっていた。

そんな彼女のことを俺が心配していたある日のことだ。俺の『女神』は電車のホームから落ちて死亡した。ただの事故だったのか、アイドルとしての自分の現実に悩んだ末の自殺だったのかはわからない。もっと人気になるためにたくさん練習をした結果、疲れてホームから足を踏み外した可能性だってある。だがその本当の理由は誰にもわからない。

だけどその時、俺は思ったのだ。

自分が愛するものはどんな方法を使ってでも全力で応援しないといけない。もっと祀り上げないといけない。そうしないと、ふと消えてしまうものなのだと。

『彼女をもっと応援できていれば死ななかったかもしれない』というただの妄想は、そのうちに『彼女をもっと応援できていれば死ななかったに違いない』に変化し、最終的には『彼女をもっと祀り上げていれば死ななかった』と断定する強い思想へと成長した。

それが好きなアイドルを失った悲しさや後悔から逃避するために生まれた強迫観念だ

ということに気づくことはなく、俺はその先の日々を送ることになった。

中学生の間、俺は湖上を観察し続けた。

湖上は三年の時、二つ下の後輩で自傷癖のある河井奈希を救った。それは鮮やかだった。傍《はた》から見ていた俺には、湖上が何か魔法を使ったようにしか見えなかった。河井が自傷行為を中断し、湖上に自らのことについて話し始めた時、俺はやはり湖上澄が自分とは違う世界に生きる存在であると再認識し、憧れはどんどんと強まっていった。

それと同時に、俺は自分の外見や周囲との付き合い方に気をつけるようになっていた。周囲からの評価なんて意外と簡単に変わるものだ。美容院で伸ばしっ放しになっていたボサボサの髪を切ってもらい、流行《はや》りの髪型をネットで勉強し、自分でセットできるように練習した。対人関係の基本はとりあえず明るく。笑顔で接してくる人間を邪険に扱う奴はそういない。

そうした努力を俺は機械的に続けていった。元の人格と乖離しようが別に構わない。俺は少しずつ中学のクラスで中心的な人物になっていった。それは学年が上がってクラス替えが行われても変わらず、むしろ学校の友人の数は増えていった。

予想外だったのは、俺のオタク的な部分も普通に受け入れられたことだった。世間は案外多様性を認めてくれるらしい。

俺がこのように変化した理由は、もちろん湖上と関係がある。

俺は彼女に釣り合う人間になろうとしたわけじゃない。クラスの中心人物となり、色々な生徒と友人になった方が情報が集まるし、少しくらい不審な行動をしても怪しまれない。おまけに影響力も手に入る。つまり、俺はより良い環境で湖上を観察したかっただけだ。

クラスの中心人物になった俺は本物の俺じゃない。作り上げた人格は虚像にすぎなかった。しかし別に何の問題もない。元々、クラスメイトと心の底から仲良くなる気などなかったからだ。

中学時代は運が悪く、俺は一度も湖上と同じクラスになれなかった。それでも俺の友人の何割かは彼女と同じクラスになり、そのおかげで複数の人間から湖上についての情報を得ることができた。

しかし運が悪かったのは俺じゃなくて、もしかしたら湖上の方かもしれなかった。同じクラスで過ごすことができれば、もっと良い点も悪い点も見えて、彼女も普通の人間なのだと思えたかもしれない。しかし俺は一度も同じクラスになれなかった。ずっと離れた場所から湖上のことを見ていた。

神格化は相手をよく知らないからこそ、成立する。

仮に神様と同じ家で暮らせば、きっと身近な存在になりすぎて敬うことを忘れてしまうだろう。

俺の気持ちが歪んでいることなんて自分でもわかりきっていた。

しかし、相手からは歯牙にもかけられず、それでも相手のことを敬愛し続ける一方的な想いの押しつけ——それこそ信仰心と呼ぶべきものは高校に入っても、肥大化を続ける一方だった。

湖上とは高校も同じだった。それも不運なことだった。別に狙って同じ高校に入ったわけじゃない。中学で縁が切れていてもおかしくなかった。

……その場合は、俺はただのストーカーになっていたかもしれないけれど。

そして高校三年生になってようやく、俺は湖上と同じクラスになることができた。

その時はもう正常な判断ができなくなっていた。俺がすることは全て彼女の利益になると思い込んでいた。

まずは地盤固めからだった。新しく編成されたクラスの中心人物になる。一学期はそのことだけを考え、行動を起こすのは二学期からと決めていた。

大学受験を控えた教室の中は息苦しさが常に漂っていた。ちょっとしたことで口喧嘩《くちげんか》をする生徒もいたし、つい神経質になって周囲に対する言動がきつくなる生徒もいた。

しかし、教室のそんな雰囲気は俺にとって都合が良かった。

クラスメイトたちが抱えている不満や爆発するヒステリーは、彼らの気持ちを掌握しようとする際、つけ入るための絶好の隙となった。

彼らの心に寄り添い、なだめ、共感し、懐に入る。

相手がしてほしいと思っていることをする。相手にとって都合のいい人間になる。

そうすれば、大抵の人間とは友好関係を築けた。お前は親友だとか恩人だとか言われることも多くなり、感謝され、時には恋愛感情を向けられることもあった。

いつの間にか俺は、クラスメイトたちから「海原が教室にいてくれないと困る」と思われるほどの存在になっていた。

しかしそう言われても、俺にはまるで実感がなかった。結局、俺は全てを流れ作業のようにおこなっていた。寄り添うことも、誰かに共感することも。

本当の意味で心の底から優しくしたことなど一度もなかった。だからクラスメイトたちから見た俺と、自分自身で顧みた俺には大きな乖離があった。

ともあれ、全ては狙い通りに進んでいた。

俺は唯一、湖上とだけは距離を置き続けた。彼女は高校三年になっても、教室の隅にいることが多かったので、接点を持たないようにするのは簡単だった。

家でゲームをやっていた時のことだ。ストーリーの中に『熾天使』という存在が出てきた。神をもっとも敬愛し、そばで献身的に支えていた。

そこで初めて、俺は『熾天使』という言葉と出会った。

俺は湖上澄にとっての、熾天使のような存在になりたいと思った。

だから二学期の初め、教室の黒板を湖上に関する張り紙で埋め尽くした時、その中に熾天使という単語を混ぜておいた。

そして俺は黒板事件を起こした犯人のことを『熾天使』と呼ぶようにクラスメイトたちを誘導した。つまりは自作自演だ。『熾天使』という呼称を定着させたのは他でもない俺自身だった。

こうして俺はクラスの中心人物である海原信と、湖上澄を敬う『熾天使』としての二つの顔を持つことになった。


熾天使はイカレている。そう思われるくらいでちょうどよかった。

かなりの強い刺激を与えなければ、人間は自らに関係ないことなどすぐに忘れていく。傍から見れば、熾天使の行いはとても正気とは思えなかったはずだ。しかしその実、俺はしっかりと理性を保っていた。

黒板の件は想定通り、一定の成果を挙げた。教室のあちこちで湖上に同情する声が聞こえてきて、男子の一部には「湖上ってけっこう可愛くね？」とささやく連中もいた。

俺が欲していたのはまさにその反応だった。嬉しかった。ぞくぞくした。

教室の隅で埋もれていた湖上の良さをもっと知ってほしかった。最初は外見からでい い。徐々に、実際に話しかけた時の、別人に変貌する不思議な魅力にも気づいてくれる ともっといい。

湖上を見てくれ。もっと、もっと。

俺のこの感覚は、自己顕示欲の「自己」の部分をまるっと「湖上」に置き換えたよう な、醜くてねじ曲がったものだった。

やめたいと思ったことがまるでなかったわけじゃない。

今の俺はクラスのみんなから好かれる人間だ。湖上のことを忘れて生きていけば、きっと普通に明るい日々がそこに待っている。……だけど今更、生き方は変えられない。

俺をこんな風にしたのは湖上だ。いい意味でも、悪い意味でも。少なくとも、同じクラスに湖上がいる状況で、彼女のことを忘れるなんてできなかった。

黒板の張り紙で強烈な刺激を与えた後は、メッセージアプリで継続的に布教する方向に切り替えた。スマホはいつもみんなの手の届く場所にある。そこに情報を送ることで、湖上のことを忘れさせないように努力した。

クラスメイトたちが熾天使を嫌っていることは知っている。その分、湖上に同情してくれればいい。それこそが元から俺の目的。どんな感情であれ、みんなが湖上に注目するのならそれでいい。

俺が河井奈希のことを公園で見つけたのは、本当に偶然だった。

たまたまベンチの前を通りかかった時に、カッターナイフを手首に当てている女の子がいたからそれはもう驚いた。その時はまだ湖上が助けた河井と同一人物だとは気づいておらず、しかし、湖上のやり方を見ていた俺は、全く同じやり方を模倣することで目の前の女の子を助けられるのではないかと思った。

俺ごときが湖上と同様の行為をすることにひどく背徳感はあったものの、目の前の人命には代えられない。湖上がやったように、俺は無理やり止めようとせず、ただ彼女の話を聞くことにした。

彼女がなぜ自分を傷つけるまでに至ったのかという話を聞いている途中で、なんだかとても覚えのある『先輩』という人物が出てきた。

俺は気づかれないように河井の顔をもう一度そっと見た。そしてようやく、目の前の少女が河井奈希本人だということに気づいたのだった。

河井とはそれから毎日、放課後に会うことになった。

最初は定期的に話を聞くことで河井を自傷行為から遠ざけるのが目的だった。相手の求めるように振る舞うのは俺の得意分野だ。今回は都合の良い話し相手になることを求められていて、それは大して苦じゃなかった。河井の命が守られるならそれでいいと思っていた。しかし何度目かに会った頃から、俺は本来の人懐っこい性格が戻ってきた河井が隣で可愛らしい笑顔を浮かべ、彼女自身の話をしてくれることが楽しみになっていた。

河井は毎回お菓子を持ってきてくれた。「わたしの話を一方的に聞いてもらうだけじゃ申し訳ないですから」と彼女は苦笑して言った。河井は毎日、近所の洋菓子店で何を買うか頭を悩ませているらしい。そうして彼女が買ってきたのは、缶入りのクッキー、マドレーヌ、チョコ菓子など俺が自分では買わないような、オシャレな洋菓子が主だった。俺と河井はベンチに並んでそれを食べながら話すのが日課になっていた。

思えば、教室内での人間関係の構築は俺にとって全て作業だった。だけど河井に関しては、自分の意思で関わろうと決めた珍しい例だ。もしかしたら湖上と出会って以降初めて、湖上のこと関係なしに関わった人間かもしれなかった。

計算も何もなく、ただ平凡な話をして一緒にお菓子を食べる。その一連の触れ合いは、俺の心にじんわりとした安らぎを与えてくれた。

河井が俺のことを湖上の代用品として使っているだけだということは理解していた。だからこそ、自分が河井との時間を楽しみにしていることを自覚した時、ほんの少しだけ動揺したことを覚えている。

熾天使のことを学校に報告しようとする人間が現れた。問題にすれば色々と調査が入り、大事な受験勉強にも大きな影響が出るため、クラスメイトたちは静観すると思っていた。しかし湖上の親友である白波愛葉だけは別だった。彼女が、俺がクラスメイトに送信したメッセージの記録を収集し、証拠集めをしていることにはすぐ気づいた。

どうしたものか、と少しだけ悩んだが、俺はあることを思い出す。

——愛葉は俺のことが好きらしい。

いつかクラスの女子の誰かからこっそり教えてもらったことがある。俺はその好意を利用することにした。愛葉に熾天使としてメッセージを送り、早朝の教室に誘い出し、そこで彼女に協力関係になってほしいと提案した。

彼女が望んでいるであろうキスも交わした。

人間の気持ちを掌握するのは簡単だ。相手がしてほしいと思っていることをしてあげる。相手にとって都合のいい人間になる。

俺が湖上に対して持っているのは恋愛感情ではなく、長い年月をかけて変質した奇妙で歪んだ信仰心だった。だから愛葉とキスをすることに抵抗はなかった。

……そのはずだった。

愛葉と唇を重ねた時に女の子の姿がふと脳裏をよぎった。

だが、それは湖上じゃない。

夕暮れの公園。笑顔で楽しそうに近況を話す、河井の顔だった。


それから少しして、自分を熾天使などと持ち上げて調子に乗っていた俺は、いきなり現実に引き戻されることになった。

湖上と女子生徒が熾天使の件で口論になったのがきっかけだった。

その日を境に、湖上に対してネガティブな感情を口にするクラスメイトが急増した。

俺は海原信として「湖上は悪くないだろ」とか「熾天使が全ての元凶だ」とか、湖上への風当たりを弱めようとしたが、クラスメイトたちは渋い顔をするだけだった。

ほどなくして、湖上の悪口専用グループチャットへの招待が送られてきた。そこでのクラスメイトたちのやりとりを見て、俺は全身に鳥肌が立つのを感じた。

彼女に対する誹謗中傷、嫌がらせの提案、クラスメイトたちの悪意が全てそこに集まっていた。他の人も言っているから。他の人もやっているから。とどんどん過激になっていくメッセージ群。電子の世界で肥大化する憎悪。

「湖上を叩くのは違うだろ……！」

気が動転した俺はクラスの中心人物である表の顔で、湖上へ向けられる罵詈雑言を止めようと必死に擁護のチャットを送信した。しかし一度火がついた集団を一人で止められるはずがない。

俺の意見など無視され、現実での湖上への嫌がらせもどんどん増えた。協力関係にあった愛葉は罪悪感からか学校に来なくなり、全てが限界に近づいていることがわかった。

そして。

湖上澄は死んだ。

こんなことになるなんて本当に思っていなかった。

熾天使が神を殺すきっかけになるなんて、そんなことあっていいはずがなかった。

俺はただ純粋に、湖上の良さを、知ってもらおうと思っていただけなのに。

湖上が死んだ事実を受け入れられず、俺がすがる思いで足を運んだのは、河井と会う約束をしていた公園だった。

湖上が死亡し、高校に警察が来たことでずいぶんと遅れてしまった。もう河井は帰ってしまったかもしれない。

だが遠くにベンチが見えた時、そこに座っている河井を見つけた。

今日は河井に俺の話を聞いてもらおう。

俺の過ちの全てを聞いてもらいたかった。叱責されたっていい。せめて話だけでも聞いてくれれば。

最近は河井の姿を見つけると、心が少し幸せになる。その感情は湖上澄に向けてきた歪んだ崇拝とは違って、なんだかもっと簡単で優しいもの。

ああ、そうか。と俺はやっと気づいた。

河井が俺に馬乗りになって、何事か喚きながら、両手で握り締めたカッターナイフを振り下ろしてくる。

——これがきっと、普通の恋の始まりってやつだ。

14

ツーサイドはきっと根は悪い人間ではない。彼はどこかで進む方向を間違えてしまっただけだ。

尋問室。すでにツーサイドは記憶を取り戻し、囚人尋問へと移っていた。

ツーサイドは先ほどから泣きそうな表情で私を見つめている。後悔が滲んだ声色で彼は呻く。

「俺が……全ての原因だったんだな。俺が熾天使なんてものを始めなければ、湖上が死ぬことはなかった」

「最終的に湖上澄を追い詰めたのはクラスメイトたちだとしても、その原因を作ったツーサイドのことを、私は赦せない」

私は正直な感想をツーサイドに伝えた。今更取り繕っても意味はない。

「それでいいさ。俺の罪はただ湖上が死ぬきっかけを作ったことだけじゃない。俺が熾天使にならなければ、クロースが湖上を裏切ることはなかったし、自殺しようとすることもなかった。ということはジェントルが殺人犯になることもなかった。それに……ナーバスも」

ツーサイドは思った以上に、冷静に状況を俯瞰《ふかん》していた。彼の言う通りだ。織天使は私が裁定を下してきた囚人たちに罪を犯させるきっかけを作った。

一連の事件の根底を成す元凶。それこそが織天使であり、ツーサイドだった。

もしツーサイドの裁定が最初の方で行われていたら、私の判断は違ったかもしれない。単体の事件として見れば、彼には悪意も殺意もなかったと擁護できる余地があった。

しかし今の私は、ツーサイドの行動によって影響を受けた囚人たちが罪を犯してしまったことを知っている。罪の解像度が上がってしまっているのだ。

「きっと、私はジャッカロープの術中にはまってるんだと思う。罪の解像度が上がりすぎた。他の囚人たち……みんないい人だった。そしてその人たちを全員ヒトゴロシに変えた元凶は織天使。ツーサイドがこんな結果を望んだわけじゃないことは理解しているけれど、あなたは周囲に対してあまりに大きな影響を与えてしまった」

罪の解像度という概念をこれほどまでに、はっきりと理解する日がくるとは思わなかった。他の囚人たちを知り、彼らが抱いていた様々な気持ちを知った上で、その原因となったツーサイドが目の前に差し出された。断罪しろとばかりに。

おそらくジャッカはこの状況を生み出すために、罪の本を開く順番を操作していたに違いない。偶然、罪の本がこの順番で開かれたとは思えない。私はジャッカの狙い通りに動かされている。

それでも私はミルグラムの看守。やるべき仕事を遂行するしかない。

それしかできない、哀れな傀儡《かいらい》だ。

「俺、エスの判断は間違ってないと思うよ。まあでも、なるべく痛くない粛清がいいかな」

ツーサイドはそんな風にいつもの明るい笑顔を見せた。胸が痛む。私のやっていることは正しいことのはずなのに、いつの間にか自分の瞳から涙があふれ出していた。

そんな私を横目に見ながら、ツーサイドは尋問室の机の上に座っているジャッカに声をかける。

「なあ、俺とナ、ナ、ーバ、バ、スの件ってもう口に出していいか？　いくつかの罪の本を照らし合わせれば、わかることだと思うんだけど」

その問いかけにジャッカはにやりと笑みをこぼす。

「ええ。いいわよ。その件を禁止項目から外しましょう」

「ありがとな」

ツーサイドは私をまっすぐに見つめ直すと、真剣な表情で言う。

「エス。俺は粛清を受け入れるよ。でもその前にこれだけは言っておかないといけない。エスも気づいてるかもしれないけど、この監獄には決定的な矛盾がある」

もちろん気づいている。ツーサイドが海原と同一人物だとすると、今までの罪の本の記述に破綻が生じるのだ。どう考えても、あり得ない点がある。

ツーサイドは、それを、口にした。

「——俺はあの日、確かにナーバス……河井奈希にナイフでめった刺しにされたんだ」

ツーサイドは別れを惜しむように、寂しげに目を伏せる。

パノプティコンに戻った私は、黙って粛清を待つツーサイドに裁定を下した。

「……私は『ツーサイド』を、赦さない」

私は看守としての役目を果たすため、「赦さない」という宣告をすることに躊躇いがなくなっていた。それがどんなに惨《むご》い結果を招こうともミルグラムがやれと命令する以上、私はそれに従うしかない。でもそれと反比例するように「看守」ではない「人間の私」が、心の奥底で音もなく泣き喚く。

粛清はつつがなく行われた。

どこからか飛来してきた鉄の首輪がツーサイドの首を固定し、次の瞬間、その首輪が急速に収縮してツーサイドの首をへし折った。あらぬ方向に顔が曲がってしまっているところ以外は、他の囚人と違って血に塗れることもなく、比較的綺麗な死に方だった。痛みを感じる間もなかっただろうし、ツーサイドの願っていた「痛くない粛清」は叶えられたように思う。もしかして、ジャッカがツーサイドの意思をくみ取ってあげたのかとも思ったけれど、おそらく偶然だろう。私の知っているジャッカはそこまで血が通った生物ではないはずだった。

そうしてあっけなく粛清は終了した。どこかの高校の教室に憎悪を植えつけた熾天使は、ほんの一瞬でその生命活動を停止した。

しかしここに来て、根本的な問題が私の前に立ちはだかっていた。

それはツーサイドが言っていたこと。「ナーバスにナイフでめった刺しにされた」。ナーバスの罪の本にも書かれていたその出来事が事実なら、ツーサイドは死亡している可能性が高い。そもそも彼が死んでいなければ、ナーバスがヒトゴロシと呼ばれることもなかったはずだ。

「トーチ」

私が呼びかけると、トーチはツーサイドの死体から視線を外し、こちらをじっと見た。尋問室でのツーサイドとの会話をトーチにも伝えておくべきだった。

「驚かないで聞いてね」

「ああ」

「この監獄ミルグラムに集められた囚人の中には――すでに死んでいる人間が混じっていたのかもしれない」

さすがのトーチも少しは動揺すると思っていた。しかし彼は相変わらず澄ました表情のままだった。

「……やはりそうだったか」

「……知ってたの？」

「いや、確証はなかった。だが、クロースの辺りから妙な気持ち悪さがあったんだ。彼女はジェントルの語りの中では寝たきりで意識は戻らないと言われていた。それなのに、この監獄内ではあまりに元気に動き回っていた。後遺症の一つもなく」

もしかしたら、クロースも本当は未だに目覚めていないのかもしれない。それどころか、容体が急変して死んでしまっていたっておかしくない。

罪の本や粛清のような技術がこの空間には実在する。だとすれば、すでに死亡した人間をこの場に呼び出すことも可能かもしれない。

「言っておくけど、アタシはノーコメントよ。囚人たちが生きていようと死んでいようとアタシには関係ない。裁定にも影響はない」

ジャッカが興味なさそうにつぶやいた。しかしいつものような冷たさはなく、そこには少しだけ同情の念がこもっているように感じた。

この場所が現実であってもそうじゃなくても、やること自体は変わらない。真実を知ったところで私たちはこの監獄から解放されるわけではないのだから。

「……最後はボクだな。罪の本はいつ開く？」

トーチはジャッカにそう問いかける。彼についても謎が残されている。

彼らしき人物はまだ他の囚人の罪の本に出てきていない。トーチがこの一連の事件でいったいどんな役割をしていたのか。どう繋がりがあったのか、それもまだ闇の中だ。

「他の囚人たちの罪の本が全て開かれたことで、トーチの罪の本を開く条件も十分に満たされたわ。そこには一連の事件の顚末《てんまつ》が書かれている」

ジャッカは少し寂しそうに円卓に飛び乗った。私を含めて最初は六人と一匹がいたパノプティコンも、もう二人と一匹まで減って、がらんとした雰囲気が広がっている。

「まずはツーサイドの死体を片づけてあげましょう。そうしたら、トーチの罪の本を開いてあげるわ」

ようやくこの監獄での時間が終わりを迎える。看守としての役目を完遂する。

数々の裁定を経てここまで来た。私には一連の事件の結末を知る義務がある。今はその気持ちだけで何とか前に進もうと思う。事件の最後のピース。トーチの罪の本。

それが今、開かれる。

ジャッカロープの報告3

　トーチの罪の語りが始まったのを見届けたジャッカは、いつもの隠し部屋を訪れていた。

「エスは今、トーチの罪の語りを聞いています。そろそろ実験も終わりですね」

「……なあ。やっぱりよぉ、今回のミルグラムは美しくないと思わねえか？」

　画面の向こうの男は不機嫌そうに言う。

「なぜでしょう？　囚人の裁定は順調に進んでいます」

「そりゃあ、少しはおもしれえところもあったよ。だけどな。オレにゃあ、囚人どもを関係者で固めたせいで、ミルグラムの本質がブレちまってるように感じんだよ。今回、オマエは囚人たちの記憶を奪って少しずつ真相を明かしていった。そのせいで囚人たちは過去の自分を忘れて監獄生活を送ることになっちまった。これは本来の美しい『システム』の形を崩すことに繋がっている」

「美しい『システム』かどうかなど、個人の主観だと思いますが。アタシが構築した今回のミルグラムは、囚人たちの関係性が変化していく様子を見ることができて美しかったと思っています」

「──勘違いすんじゃねえよ。オレ様はな、ドラマが見たいんじゃねえ。囚人間に特殊な関係性なんざいらねえんだよ。もちろん看守との間にもな。ミルグラムは罪を再定義する『システム』だ。劇場じゃねえ。看守もオレたちも全く関係ない傍観者であるべきだ。それがオレ様の持つミルグラムの『美学』なんだよ」

「あなたの『美学』なんてアタシには何の興味もないですよ。ただの自己満足を押しつけないでもらえますか？」

「オレ様の『美学』を理解できない時点でオマエは失敗作の管理者だよ。あとで言い渡すつもりだったが……先に教えてやる。──オマエは今回の実験の終了を以て、ミルグラムの管理者を解任される。加えて追放処分が決定した」

「……追放？」

「身に覚えがあんだろ？　オマエは今回、与えられた権限を越えた行動を取っただろうが」

「いえ、全く心当たりがありませんね」

「ツーサイドの発言制限を解除したことだよ！　そのせいでヤツ本人の口から『ナイフでめった刺しにされた』なんて言葉が出てきちまったんだぞ！」

ジャッカは男の攻撃的な口調にも動じず、涼しい表情で受け流す。

「少し考えりゃわかんだろ！　囚人たちの生死についての話題はトップシークレット

だ！　真実を知ったら、監獄のヤツらは混乱するに決まってる！」

「今回の実験の性質上、どこかでバレるのは必然でした」

「だから美しくねえって言ってんだ！　失敗だよ、今回の実験は！　特に後半のデータは使い物になりゃしねえ！」

　画面の向こうで怒鳴る男を、ジャッカロープは白けた視線で見据えていた。

「……はぁ。もういい。オレ様には最高のミルグラムを構築するためのアイディアがある。たくさんの個人を看守に据える方法だ」

「前々から、検討対象となっていた案ですね」

「ああ。操り人形の看守を一人用意し、そいつの目を通して、たくさんの個人に各々の主観で『赦す』か『赦さない』かを投票させる。そして多かった方を正式な判決とする。多数決制だ。罪の再定義を行うためにはそれが最良だ」

「現実に運用することは可能でしょうか？」

　ジャッカの問いに、男は珍しく黙り込むと。

　神妙な声で、答えた。

「それ自体がエンタメになる時代なら、あるいは」

罪の本　トーチ

囚人名「トーチ」
罪名【選択の罪】
記述内容を開示。

人間の命なんて、失われる時は一瞬だ。

ちょうど物心がついた頃のことだった。ボクは大好きだった両親を交通事故で亡くした。家は自営業を営んでいて、事故は両親が車で取引先のもとに向かう途中に起こった。ボクを引き取った祖父母は優しく接してくれた。その優しさの中でなんとか心の傷を忘れようとした。それなのに、祖父母の家はある日炎に包まれた。その火事で祖父母は帰らぬ人となった。点《つ》けていた電気ストーブが倒れたことが原因だと後から知らされた。

その後、ボクは施設に送られた。最初の頃はだいぶ塞ぎ込んでいたが、なんとか友達が一人でき、少しずつ前を向こうと思った矢先だった。その友達は施設の上階から飛び降りた。即死だった。悩んでいる様子なんてまるで見せなかったのに。ボクは突然友達を失った。

――立て続けに、人が簡単に死ぬという出来事を経験した。

この世界に生きていると、なぜだか人間は明日も明後日《あさって》も普通に生きて、幸せはいつまでも続いていくように錯覚する。しかし実際にはそんなことはない。

いつまでも続くと思っていた命がなくなるのは一瞬。歩いている間に気づかず踏み潰したアリの命と、人間の命は本質的には変わらない。

百年生きることができる時代が来た、と誰かが嬉しそうに謳《うた》う。それは悪いことじゃない。だが全員が長寿を享受できるわけではなく、若くして命を落とす人間は多くいる。

ボクはだんだんとこの世界に違和感を覚えるようになっていった。いや、この世界というよりも人間中心に動いている世界に、と言うべきか。

人間だけが尊いもののように扱われ、平和に生き続けられることが前提となっている世界。人間に特別の価値を見出している世界。それは間違っている。

人間も動物も、ただの無機物であっても、等しく同価値であるべきだ。

価値がないとは言わない。全てが平等に扱われるのが正常な世界だと言いたいだけだった。

だからボクは、脆《もろ》い人間も潰されてしまう虫も壊れやすい物も同様に扱う。そして、ボクはそのどれにも興味を持たないようにした。一瞬で消える可能性があるものに愛情を注ぐなんて、ひどくリスキーな行為だったから。そうやって全てを冷たく突き放し、ボクは成長していった。

ボクは一人で大丈夫。一人の方が、大丈夫。

高校三年になったボクはよく学校の屋上に足を運んでいた。そこはとても気持ちのいい場所だった。晴れの日は空気が澄んでいて、そして何より誰もやってこない。

屋上の出入り口には立ち入り禁止の張り紙があった。しかし肝心の鍵はかかっておらず、幸いなことに他の生徒は誰も気づいていないようだった。

だから昼休みは屋上に赴き、コンクリートの床に座ってぼんやりと空を眺めていた。その時間が一番無心でいられる時間だった。

しかし、二学期になってからのことだ。一人の女子生徒が屋上にやってきた。

「氷森《ひもり》くん、だよね？」

しかもボクのことを知っている人物。最悪だ。

彼女は同じクラスの湖上澄という生徒だった。ボクもクラスメイトの顔と名前くらいは把握している。全く知らずにいると、それはそれで面倒なことが起こるからだ。

「この場所に長居するのはオススメしない」

ボクは開口一番そう言った。できるだけ冷ややかに。

彼女には早く屋上から去ってほしかった。

「なんで？」

当然、湖上にそう返される。

「この場所は立ち入り禁止だ。教師に見つかったら怒られるぞ」

何か理由をつけなければ、と適当な言い訳を考えた。正直なところ、教師が見回りにくることはほとんどないので、ただ湖上を追い返したいだけだったのだが。

「でも、氷森くんはここにいるよ」

「……」

言葉で追い返すのはどうやら難しそうだ。そこでボクは無視する方針に切り替えた。別にクラスの女子一人に嫌われたところで、ボクの人生にそこまで影響はない。

「綺麗な青空だね」

ボクの隣までゆっくりと歩いてきた彼女は、うんと伸びをしてから言った。ボクが全く返事をしなくても、特に気分を害した様子はない。

「ねえ、私も休み時間、ここに来ていいかな？　邪魔はしないから」

「勝手にしろ」

ボクは思わずそう言ってしまった。すぐに飽きて来なくなるだろうと思ったからだ。

しかし、のちにボクはその発言を後悔することになる。なぜなら湖上はそれ以降、毎日屋上に顔を出すようになったからだ。

「氷森くん、今日もいる」

翌日、湖上は宣言通りに屋上にやってきた。正直なことを言うと、ボクは少しだけ驚いた。あれだけ強く突き放したのに、それでもやってくるとは思っていなかったのだ。

今までボクはわざと冷たく他人に接することで、あまり距離を縮めすぎないようにしていた。距離が近くなれば会話が増える。お互いの価値観が自然とぶつかる。そんな面倒なこと、ボクはごめんだった。

湖上は屋上にやってくると決まって、ボクに一言二言話しかけてきた。その度にボクは冷たくあしらうか、もしくは無視したけれど、彼女は顔色一つ変えなかった。

それから湖上は空を見上げた。

青空でも曇り空でも関係ない。大きく広がる空を仰いで、彼女はそれきり無言になった。

湖上が屋上にやってくるようになってから少しして、彼女の行動に理由があることを知った。もちろん、ボクに会いたくて屋上に来ているわけじゃない。

湖上はクラスメイトたちから嫌がらせを受けているようだった。

彼女は教室に居場所がなかったのだ。

そうして逃げ込んだ屋上にたまたまボクがいた。それだけだ。

彼女はきっと自分を虐げる教室の奴らのことも、屋上で冷たい態度を取るボクのことも嫌いだっただろう。ただ教室のクズどもよりはボクの方がマシだったのだと思う。

どうしようもない消去法。それだけが、湖上が屋上に来る理由だった。

ボクは少しずつ湖上に冷たくすることを躊躇うようになっていた。自分が他人から逃れて屋上に辿り着いたように、湖上も他人から逃れて屋上に辿り着いた。

ボクたちは似た者同士だった。原因は違っても、屋上に逃げ場を求めた仲間だった。

ボクは湖上に声をかけられた時、簡単な相槌《あいづち》を打つようになっていった。湖上はボクの人生の中で、久しぶりに少しだけ距離を縮めた人間となった。

湖上は空を見上げる。

精神的閉鎖空間となった教室から逃げ出すことを夢見るように。

大きくて広くて、自由な空を。


「氷森くん、今日もいる」

湖上は屋上のドアを開けてボクを見つけると、毎回飽きずに笑ってそう言った。

「湖上こそ、今日も来た」

ボクは毎回そう返すようになっていた。ボクたちはお互いにちょうどいい距離感を覚えた。湖上が話しかけてくる。ボクはそれにほんの少しだけ返事をする。それがボクたちにとって、最適の距離感だった。

「氷森くん。今度一緒にどこかへ遊びに行かない？」

ある日。湖上はそんな提案をしてきた。それは今まで曖昧にしてきたボクたちの距離をぐっと縮めるものだった。

ボクは断ろうとして、気づく。

よく見ないとわからないほどだったけれど、湖上の身体は小さく、確かに震えていた。ボクに断られることを不安に思っているとかそういう感じじゃない。

何か怖いことから逃れるために、現実逃避をするために、湖上はあえて明るい話題を振ってきたのだ、とボクは心の中で思った。

「……別にいいけど」

自らの口から出たその答えに自分で驚いた。遊びの誘いなんていつもだったら断るに決まっている。

だけど、ボクは湖上のその申し出を断れなかった。

なぜかはわからない。屋上で一緒に過ごすうちに、小さな仲間意識でも芽生えてしまったのかもしれない。そうならないようにボクは他人を遠ざけてきたというのに。

大切な人、大事な仲間。そんなものを作っても、またいつ失うかわからない。ダメだとわかっているけれど、心に深い傷を負っている湖上を放っておくことはできなかった。

壊れ物を丁寧に扱う気遣いくらい、ボクだってちゃんと持ち合わせている。それはただのモノである陶器だろうと、人間の湖上だろうと同じことだ。今の湖上には依存する相手が必要だった。それも彼女のことを、好奇心から詮索したりすることのない人間が。教室で様々な悪意に晒されていた湖上にとって、彼女の事情に深入りしようとしないボクは適任だったのだろう。

正直言うと、ボクは湖上と過ごす何とも言えない時間が好きになり始めていた。なんだかんだと理屈をつけても、ボクは心の真の奥底で誰かと一緒にいたいと思っていたのかもしれない。一人で大丈夫。一人が大丈夫。それは結局、ボクの強がりでしかなかったのかもしれない。

危ういバランスの上に成り立ったボクと湖上の関係がいつまでも維持できないことはわかっていたはずなのに。

「お待たせ、氷森くん！」

明るく声をかけられて、ボクはぼんやりと眺めていたスマホの画面から顔を上げた。

「学校以外で湖上と会って話すの、なんだか変な感じだな」

日曜日。学生たちがよく遊びに出かける繁華街に近い駅前。目の前には私服姿の湖上が立っていた。白を基調としたシャツとスカートのシンプルな組み合わせ。特に凝った服装ではないのに、制服とは違うというだけで非日常感がある。

「というより、屋上以外でちゃんと話すこと自体初めてじゃない？」

湖上はくすっと笑ってそう言った。

思い返してみれば、確かにその通りだった。ボクたちは教室に戻る時も別々だし、そうやって戻った教室内でわざわざ話しかけたこともお互いに一度もなかった。

それにもしボクが話しかけようとしても、きっと湖上は逃げてしまうだろう。彼女への嫌がらせは日に日に悪化していて、教室で誰かと接点を持つことを彼女は拒むようになっていた。誰かが巻き添えを食らうことを恐れているようだった。

その日の湖上は全ての苦しみから解放されたようで、そんな彼女の笑顔はボクにはまぶしすぎた。それがボクに向けられていることも怖かった。正面から見つめていたら、そのうち、その笑顔を大切に思ってしまいそうだったからだ。

「じゃあ、行こうか」

だからボクは湖上から少し顔を背けて歩き始めた。湖上はそれでも気にすることなく、笑顔のままボクの隣を歩く。その日の目的は湖上の買い物に付き合うことだった。何か買いたいものがあるらしく、雑貨店を巡ることになっていた。ボクとしては出かける目的は正直、何でもよかった。

湖上を外に連れ出すことが一番大事なことだった。

教室にいれば、湖上の悪口は嫌でも耳にする。湖上に聞こえるように言っているのだから当然なのだが。それに熾天使による黒板の事件、女子生徒との口論、悪口専用のグループチャットのことまで、聞きたくもないのに耳に入ってきた。

教室の中はそれほどひどい状況になっていたのだ。

熾天使は教室に蔓延《まんえん》するストレスや憎悪を束ね、膨張させ、それを湖上にぶつけていという免罪符を発行してしまった。もうコントロールできる人間などいない。この状況から逃れるには、高校を卒業してしまうのが一番手っ取り早い。

免罪符が有効なのは、熾天使という概念を共有したクラスメイトたちがいる環境の中だけだ。そこから抜け出せばこの地獄は終わる。元々、湖上に大きな非があって始まった嫌がらせではないのだ。卒業してしまえば、クラスメイトたちは自分がしたことを都合よく忘れて、湖上のことも忘れて、大学生活を楽しむだろう。

それまでは耐えるしかない。柄にもなく、ボクは湖上を支えようと考えるようになっていた。屋上はボクたちの心を守る聖域だ。救いを求めて屋上に逃げ込んだボクらは本質的に同類だった。だから湖上のことをいつしか見捨てられなくなっていた。

「ね、これなんかどう?」

何軒かの店を回って、湖上が手に取ったのは爽やかな水色のハンカチだった。

「いいんじゃないか」

無難に返事をする。ボクの意見なんてどうでもいいだろう。

「じゃ、これにするね。氷森くんに似合うと思うよ」

「ああ。……ってそれ、ボクに？」

「え。ねえ、私の話、聞いてた？　氷森くんにはいつも助けてもらってるから、そのお礼にプレゼントをあげたいって、ちゃんと言ったよね？」

少し頬を膨らませて怒ったような表情を浮かべる湖上。少し慌てるボク。そして彼女は表情を崩して微笑んだ。

「どうせ、また考え事してたんでしょ？」

「うっ、まあ……」

「しかも、たぶん私をどう助けようかって考えてたんじゃない？」

「……」

図星だった。湖上は妙に鋭いところがある。屋上で少しの間一緒に過ごして、彼女のそんな一面を知った。

「氷森くんはいつもそうだよね」

買い物を終えたボクたちは街中を歩いていく。

「冷たく見えるけど、結局、他人のことを考えちゃうお人好《ひとよ》し」

「そうかも……しれない」

結局、人間の尊さなんて理解できなくたって関係ないのだ。

動物のペットを好きになるように。素晴らしい美術品を好きになるように。

人間のことだって好きになる。愛着が湧く。

雑貨店を回った後はファミレスで昼食を取ったり、オシャレな店で湖上の服を選んだり、ゲームセンターで遊んだりして一日を過ごした。

「はい、これ」

帰り際。湖上はラッピングされた袋を渡してきた。中身は水色のハンカチだと知っている。いつものボクなら受け取らないという選択もできたはずだ。でも、もうそんな選択ができないほど、湖上との距離は近づいてしまっていた。

「今日はありがと。久しぶりに、本当に久しぶりに息抜きになった」

「それならよかった」

「じゃあね、氷森くん。また屋上で」

「ああ」

ボクと湖上はそうして数度、言葉を交わしてから別れた。

湖上はこれからも嫌がらせを受けるだろう。それでもなんとか卒業まで乗り切れるように支えられれば、と一人になった帰り道でボクは思う。

——それがいかに楽観的だったかを思い知らされたのは、その翌日のことだった。

気持ちいいほどに晴れ渡った日だった。

昼休み。ボクはいつものように屋上へと向かう。その日はたまたま昼食を持ってくるのを忘れてしまい、パンを買うために購買の列に並んだせいで、無駄な時間を取られてしまった。

湖上は先に到着しているだろう。屋上で空を見上げるのが好きな彼女にとって、今日の快晴の空は最高のコンディションのはずだ。空はちょうど湖上からもらった水色のハンカチと同じような色をしている。

そうして屋上へと続く階段前に差しかかった時だ。

ボクの意識は突然冷や水をぶっかけられたように、痛みと憎悪が渦巻く現実へと引き戻された。

屋上へと続く階段前。そこには血だまりがあった。血痕があるとかそういう小規模なものとは明らかに違う。そこにはちゃんと血液が溜まっていた。一人の人間から出た血液だとしたら、明らかに命の危険がある出血量だった。

階段に目を向けると、そちらにもぼたぼたと血の雫《しずく》が落ちた跡がある。

状況が上手く把握できなかった。負傷した人物は階段の上から転落して、頭かどこかを切り、大量出血したように思える。しかし、もしそうだとすれば、流血した状態でまた階段を上っていかないと、階段に血痕は残らないはずだ。それがまともな行動だとは思えない。大怪我をしたのなら、誰かに助けを求めにいくのが普通だ。屋上に戻る理由がわからなかった。

ともかく屋上へ続く階段の前にこんなものがあるということがボクの全身を震わせた。ここは普段、ひとけなどほとんどない校舎の角に位置する場所だ。

こんなところにやってくる物好きを、ボクは一人しか知らない。

——気がつけば、ボクは階段を思いきり駆け上がっていた。

そして屋上のドアを開け放つ。

「……あ」

その消え入りそうな声が自分から発せられたものだと理解するまでに、数秒の時間がかかった。

悪い予感はだいたい的中するものだ。

屋上の中央。コンクリートの上に、額からドクドクと血を流した湖上が倒れていた。

状況を理解したと同時、頭の中がカッと沸騰したように熱くなってボクは大きな声で叫ぶ。

「湖上ッ!!」

足をもつれさせながら、倒れた湖上のもとまで全速力で走っていく。あまりにも受け入れがたい状況に、ボクの身体はおかしくなってしまったように震えて、脳の奥がじんと痛む。何度も脱力しそうになる。

ボクがコンクリートに手をついて湖上の顔を覗き込むと、頭に大きく裂けた傷があった。血が止まらない。コンクリートは真っ赤に染め上げられていって、ボクはどうすることもできず悲鳴を上げた。

「……ああ、氷森くん」

湖上はとてもゆっくりと目を開けた。瞳の光はひどく弱々しかった。そこに宿る命が消えかかっていた。

「こ、湖上……な、な、何があったんだ！」

「ふふ……そんなに慌ててる氷森くん、初めて見る」

「冗談言ってる場合か！」

教師に助けを求めるべき……いや直接、救急と警察にかけた方が早い。ボクはスマホでその二か所に緊急電話をかけ、喚くように現状を伝えた。すぐに向かいます、と回答があり、ボクがスマホから耳を離すと、湖上はまたたどたどしく話し出した。

「私が屋上に来たらね……クラスの男子が何人かいたんだ」

ボクはその光景を想像して、軽く吐き気を催した。湖上の心を守る聖域となっていた屋上。ついにこの場所も悪意に汚される時が来てしまったのだ。

その時の湖上の絶望など想像したくもない。

「私は、すぐ逃げるように……引き返したの。でも、階段を下りる前に追いつかれちゃった……」

湖上は浅い呼吸と共にかすれた声で話す。

「髪を思いきり引っ張られて、……私が暴れて抵抗したら……男子の手が、離れた。私はそのまま、階段から……」

ようやく湖上の身に何が起こったのか、ボクは理解した。

男子と揉《も》み合《あ》いになった末、勢い余った湖上の身体は階段から放り出されたのだ。ボクが最初に発見した階段下の血だまりはその時にできたものだと思う。

「でも……なんで、屋上に戻ってきたんだ？　それにその男子たちは？」

「……男子たちは笑っちゃうくらいに動揺して、教室に逃げ帰っていったよ。今頃……教室で、話題になってるかも。……私は、話を聞いたクラスメイトたちが……やってくるのが、嫌だった……こんな姿、また笑いものにされる。だから──」

──だから、屋上に戻ったんだ。屋上に戻れば、やってきた氷森くんが守ってくれると思って。

湖上はそう言い、「その通りになった」と微笑んだ。

湖上はおかしくなっている。クラスメイトたちがどれほどの悪意を身に宿していたとしても、こんなに血を流している彼女を笑いものにするわけがない。みんな応急処置に協力してくれるはずだ。

　急に出入り口の方が騒がしくなる。男女混ざった大声。その声色には聞き覚えがあった。同じクラスの生徒たちのものだ。

「……湖上は混乱してるんだ。ほら、クラスメイトたちも心配して来てくれた！」

　応急処置をするためにも人手があった方がいい。救急隊が来るまでみんなに手伝ってもらおう。ボクはそう考えて立ち上がると出入り口へと踵を返す。

「氷森くん……ダメ……ッ！」

　背後で湖上の小さな叫び声が響く。ボクはそれを無視し、ドアを開けて校舎内に戻る。

階段下からクラスメイトたちの気配がした。

　ボクは彼らに助けを求めようとして——。

　その瞬間、たくさんの好奇の声が耳に届いた。


「おい、本当に床が血塗れじゃん！　やば！」「写真撮って、他の子にも見せなきゃ！」

「うわ、これマジでニュースになるんじゃね？」「湖上が死んだらスカッとするわー」

「笑える。本人どこ？　探そうぜ」「お前ら、違うんだって！　本当にこのままじゃ、アイツ死んじまうんだよ!!」

階段の下。そこには湖上が作った血だまりを囲み、喜々としてスマホで撮影しているクラスメイトたちの姿があった。

血だまりを見て笑っている奴がいる。誰でも閲覧可能なSNSに画像を上げ、たくさん反応がもらえたと喜んでいる奴がいる。湖上が大怪我をしたことが本当だとわかって、にやついている奴がいる。

数人の男子だけは青白い顔でその様子を見ていた。彼らが実際に湖上を傷つけた連中だろう。自らの手で傷つけているから、事態の深刻さが唯一わかっているようだった。

めまいがした。

おかしくなっているのは湖上じゃない。クラスメイトたちの方だ。

湖上への嫌がらせを続けたことで完全に感覚が麻痺《まひ》してしまっている。みんなが笑っているから大きな問題にはならないと思っている。みんなが嫌がらせをしているんだから、個別に責任を問われることはないと思っている。

これほどの流血事件が起こった以上、これから学校はひどい騒ぎになる。そのことがもはや認識できていない。

湖上に対する嫌がらせも明るみに出るだろう。嫌がらせに加担していた奴らがその時、世間からどんな目で見られるか。

受験にだって影響が出るかもしれない。それなのに、奴らは事実を隠蔽するどころか、

ＳＮＳで全世界に発信している。

集団の憎悪に浸《つ》かりきったクラスメイトたちは完全に病んでいた。腐りきっていた。頼ろうとしたボクがバカだった。

「あれ、氷森？」

「そっちに湖上がいるのか？」

気づかれた。心を病んだ野次馬の大群がぞろぞろと階段を上がってこようとする。

「来るなッ!!」

ボクの身体はとっさに動いていた。野次馬たちが階段を上りきるよりも早く屋上へ戻ると、扉に自分の背中を強く押しつけて開けられないようにした。

湖上が正しかった。瀕死《ひんし》の彼女の姿を間違っても、あんな気の病んだ連中の前に晒すわけにはいかなかった。ドアの向こうにクラスメイトたちの気配。ドアノブが回される。

「あれ、開かないじゃん」

「おい、氷森！　開けろッ！」

乱暴な音を立てて扉が激しく振動した。絶対に開けるわけにはいかない。ここは湖上にとって聖域なんだ。救急と警察が来るまで彼女を守り抜く。

しかし、仰向けに倒れた湖上はボクの視界の中でどんどんと血を流していた。

――今すぐに応急処置をしないと死んでしまう。

そんな恐怖がボクを襲う。止血をすれば助かる確率は上がるだろう。だがこのままにしておけばおそらく死ぬ。それほどまでに出血している。

しかし、ボクはこの場を離れられなかった。

応急処置をしている最中に扉を開けられてしまえば、湖上の無防備な姿を野次馬どもに見られることになる。死にかけの湖上が写真に撮られ、ネットの海に流され、世界中に拡散されていく。この予想はボクの妄想なんかじゃない。野次馬が屋上に踏み込んでくれば現実に起きることだ。階段下の光景を目にした時、確信した。

応急処置をしないと、湖上の生存率は著しく下がる。

出入り口を封鎖しないと、湖上の尊厳が失われる。

最悪すぎる二択。選べるわけがない。

だが、どちらかを選べと言われたら……ボクは、湖上の、命を守るべきなんじゃないだろうか。そうだ、ボクは応急処置を優先すべき——。

「……絶対に……ドアを、開けないで……！」

そんなボクの耳に途切れ途切れの懇願が届く。他でもない湖上本人が小さな声でそう言ったのだ。

「……そんな風に頼まれたら、この場を離れられないじゃないか」

ボクはもう半分泣きながら、声を震わせてつぶやく。

「氷森！　なにやってんだよ、どけ！」

ドンッ！　と誰かがドアに体当たりしてくる。それでもボクは背中で必死にドアを押さえつける。

「……もう、もうやめてくれッ‼」

それはボクの、心の底からの願いだった。

「開けろよ！　そこに湖上がいるんだろ⁉」

「黙れッ！　お前らが……お前らみたいな、馬鹿どものせいで湖上は死にそうなんだ！ここは、絶対に、通さない！」

ボクが叫び返すと、ドアを押す力がさらに強くなっていく。どうやら複数人で体重をかけているようだ。そろそろドアを塞ぐのも限界だった。

それでも。ボクは自分の頭の血管が切れそうなくらいに踏ん張って、クラスメイトたちの侵入を防ぐ。

結局、ボクは湖上の応急処置をせず、この場に留まってしまった。

だったら――彼女の尊厳だけは意地でも守り通す。

……これだから嫌なんだ。誰かと仲良くなるのは。

冷たく突き放して、それでもなんだかんだで距離が縮まった湖上のことを、ボクはもう見捨てることができない。

ただ無我夢中でドアを塞ぐことだけを考えて、耐え続けて、踏ん張り続けて。

どれほどの時間が経っただろう。

ハッと気づいた時。

ドアが鈍い音でノックされていた。クラスメイトたちのものじゃない。大人たちがドアの向こうでなにやら騒いでいる。

……ああ、そうか。やっと到着したのか。

放心状態になったボクがドアから離れると、救急隊員と警察官、それと青ざめた顔をした教師たちがなだれ込んできた。ボクも取り押さえられそうな雰囲気だったので、その前に湖上に「守りきったぞ」と声をかけようとして。

ボクは気づく。湖上の肌が真っ白になっていることに。

こんなの、まるで。

死ぬ直前みたいだ。

わずかに残った力を振り絞るように、湖上は半分だけ瞼を上げてボクのことを見る。

そしてかすかにはにかんだ。

「氷森くん、今日も空——綺麗だね」

それが、ボクに向けられた湖上の最期の言葉となった。

ずっと冷たい人間を装っていたボクは人目を憚らず、大きな声を上げてその場で泣いた。流した涙は湖上がプレゼントしてくれた水色のハンカチに染み込んでいった。

そうして。

ボクは湖上の尊厳を守ることに成功し、そして、その命を守ることに失敗した。

15

「囚人『トーチ』――本名、氷森統知《とうち》。その罪の開示を終了する」

ジャッカの声によって罪の本が閉じる。

全てのピースが埋まった。

私が続けてきた看守の仕事も、もうすぐ終わりを迎える。

「罪の本は役目を終えた。氷森統知に全ての記憶が戻る」

「……まさか、こんな記憶が戻ってくるなんてな」

全てを語り終え、意識を取り戻したトーチは目を伏せた。

「ボクは結局、湖上を守ることができなかった。どうするべきだったんだ？　ボクは湖上の尊厳を捨ててでも、かすかな望みにかけて応急処置をするべきだったのか？　その答えが今でもわからない」

トーチはひどく苦悩している様子で頭を抱える。

そんな彼にジャッカは静かに声をかけた。

「この監獄に、もう他の囚人はいない。今回のミルグラムはもうじき終了する。だから、あなたの言動の制限を全て解除してあげるわ。言いたいことを伝えなさい。氷森統知」

その言葉を聞いてトーチは顔を上げた。

私のことをじっと見つめて、それからこの監獄が隠していた最後の秘密を明かす。

「──湖上澄はお前だ。エス」

正直、もうわかっていた。この監獄に集められた人間たちに何らかの繋がりがあるとして、罪の本に登場していて監獄内にいない人物。それはもう湖上澄しかいなかったからだ。……どうやら、私もすでに死んでいたらしい。

「今までトーチに重荷を背負わせてごめんね」

私が死んでしまったせいで、トーチはずっと悩んでいたのだと思う。

命を優先するか、尊厳を優先するか。その二択で自分は間違えてしまったんじゃないかと。だが答えが出ることはなかった。それは当然だ。私はもうその世界にいなかったのだから。

「湖上。お前に裁定を下してほしい。湖上の尊厳を守る代わりに見殺しにしてしまったボクは正しかったのか、そうじゃなかったのかを」

トーチは消え入りそうな声でそう言う。私はそんな彼に優しく言葉をかけた。

「……きっと、過去の私はトーチのことを心から信頼していたんだね」

「え？」

「だってそうじゃなきゃ、死にかけの状態で屋上に戻ったりしないよ」

私は穏やかな気持ちでそう告げる。

それはそのまま、トーチの問いに対する答えにもなっていた。

ただ助かりたいだけだったら、屋上に戻る必要はなかったはずだ。どこかの教室にでも這《は》っていって、大きな騒ぎにすればよかった。野次馬は集まっただろうけれど、さすがに通報してくれる生徒もいただろうから。

しかし尊厳を守りたかったのなら話は別だ。私の安全が警察や救急の手で確保されるまで、誰かにクラスメイトたちから守ってもらう必要があった。

過去の私はきっとクラスメイトたちの悪意に晒されることに耐えきれず、自分の命よりも尊厳を守りたいと思ったのだろう。

——だから、屋上へ戻ってトーチを待ったのだ。

彼なら絶対に助けにきてくれると信じて。

「囚人尋問の必要はあるかしら？　すでにトーチの想いは伝わったと思うけれど」

ジャッカが訊ねてくる。私は首を横に振った。

「必要ない。聞きたいことは聞いたから」

「では。これより、看守から囚人『トーチ』への裁定が下される」

嫌な捉え方をすれば、トーチは助けられたかもしれない命を、くだらない体裁を気にして見殺しにしたと言えなくもない。トーチの行動はただのエゴだと非難する人間もいるかもしれない。

だけど『私』からしたら。

彼は一生懸命、最期の瞬間まで私を守ってくれた。私の信頼に応えてくれた。

だからもう、私の答えは決まっている。

「──私は『トーチ』を、赦す」

その宣言を聞いて、トーチは瞼を閉じて大粒の涙を流した。だけどそれは苦痛の涙じゃない。罪の重荷から解放された安堵の涙だ。

「ボクは間違ってなかったんだな……よかった、本当によかった」

私はこの監獄に来て初めて囚人を赦した。いつものような粛清は行われない。囚人を殺そうとする不快な仕掛けの駆動音も聞こえない。

──代わりに、トーチの身体が暖かな光に包まれた。

「……湖上。こんな意味のわからない監獄に閉じ込められたボクたちは間違いなく不運だったと思う。でもこうしてまた会うことができて嬉しかった。赦してもらえて、ボクは救われた」

私はトーチのもとに駆け寄る。すぐそばで彼の顔をじっと見つめる。

湖上澄を守ってくれた恩人、トーチの身体が暖色の光に包まれて薄れていく。

「トーチ……」

「湖上。赦してくれて――」

私は彼に向かって手を伸ばす。

「――ありがとう」

その感謝の言葉と同時に。トーチの姿は光となって霧散した。私が伸ばした手は何にも触れることができず、空虚な監獄の空間をつかんだ。

私はパノプティコンに一人になった。

囚人たちがいなくなり、役割を終えた監獄に看守はいらない。

結局、ミルグラムは私たちの罪を再確認し、心の整理をつける場所だったように思える。本当なら会えるはずのない人に会えたり、改めて断罪されることで救われたり、最後にきちんとお別れをすることができたり。

この監獄は間違いなく最悪だった。

だけどその全てを憎むことはできない。

私はくるりと振り返った。

そして円卓の上に座ってこちらを見ていたジャッカに声をかける。

「ジャッカ。あなたの言う通りに全てをやり遂げた。もうこれで終わりでしょ？」

「本当によくやったわ、エス。とても意義のある実験だった」

ジャッカにとって用済みとなった私も光となって消えるのだろうか。

「あなたの看守としての役目は終わったわ。アタシはこれから実験終了の報告を行う必要がある。それが承認され次第、あなたはこの監獄から解放される」

「ここで待っていればいい？」

「ええ。なるべく早く終わらせてくるから、少し待っていてちょうだい」

そう告げてジャッカは円卓から飛び降り、パノプティコンの扉を開けてどこかへと消えていった。

私はなぜだかその背中を見送ることに少し不安を感じたけれど、何か言葉をかける前に彼女の姿は見えなくなってしまった。

ジャッカロープの報告4

「これにて今回のミルグラムは終了です。看守エスを解放し、アタシも命令通りにミルグラムから去ります。今までお世話になりました」

隠し部屋。ジャッカは短く報告だけを済ませると、さっさとエスの待つパノプティコンに戻ろうとする。

「おい、何勝手に出ていこうとしてんだよ」

しかし、画面の向こうの男がジャッカを呼び止めた。彼女は足を止めて振り返る。

「まだ何か？」

「オレ様は追放だと言ったが——オマエを自由にするなんて一言も言ってねえ」

その男の言葉と同時。隠し部屋の四方の壁から鎖が勢いよく射出され、ジャッカの角や身体に巻きついて拘束する。

「……追放処分とは名ばかり……結局、アタシは殺処分ということですか」

「そういうこった。ミルグラムの内情を知ってる存在を放置しておくわけにはいかねえからな。今まで散々囚人たちを粛清してきたろ？　今度はテメエの番が回ってきたと思えよ。ま、多少は楽な形で処分してやるから安心しな」

「……エスはどうするんです？　あの子はまだパノプティコンに――」

「――安心しろ」

画面の向こうで、男――いや、牡鹿のような立派な角を二本生やしたウサギのような生物が楽しそうに笑った。

「オマエの代わりに、最後はこのオレ様が幕引きをしてやる」

エピローグ

　ジャッカがパノプティコンを出ていってから一時間ほどが経過した。静寂に包まれた部屋の中で、私は徐々に不安が強くなっていくのを感じる。実験終了の報告にどれくらいの時間がかかるのかはわからない。しかし長時間にわたるものであれば、ジャッカから先に一言あってもいいだろう。

　何か不測の事態が起こっているのではないか。

　そうやって私が警戒を強めた時だ。

　パノプティコンと廊下を繋ぐドアが開いた。そして床を颯爽と駆けてくるのは見慣れた小動物。心配しすぎだったかなと気を抜き、私は椅子から立ち上がって彼女に話しかける。

「ジャッカ、遅かったね」

　しかし返ってきた言葉は、私が全く予想していないものだった。

「オマエの知っている前任のジャッカロープは拘束された。じきに処分される。オマエがこの場所で囚人どもを殺したのと同じようにな」

　目の前のウサギもどきから発せられたのは聞き覚えのある女性の声ではなく、横柄な口調の男の声だった。私は一瞬で理解する。

——ここにいるジャッカロープは、今までのジャッカとは別の個体だ。

「今回のミルグラムはオレ様に言わせりゃ甘すぎる。ここはオマエら看守や囚人の過去の整理をする場所じゃねえ。罪を再定義する場所だ。この場所には友情も涙もハッピーエンドもいらねえんだよ」

元々のジャッカも何を考えているかわからず、心を許すことができない危険な存在だった。しかし今、私の前にいるジャッカロープはその比じゃない。もっと禍々《まがまが》しく、高圧的な存在だった。

「トーチとの感動的なお別れで終わることができたらよかったよなぁ？　だがオレ様がじきじきに来た以上、そうはいかねえ。——座れ、エス」

言われた通りにするしかなかった。席に戻るとジャッカロープは円卓に飛び乗り、私と対面する。

「オマエがどう感じていたかは知らねえが、前任のジャッカロープはかなりエスに同情的だったんだぜ？　証拠はそれだ」

同時、私のすぐ目の前の天板が輝き出し、その光の中から一冊の本が現れた。

黒い背表紙。拘束具によって閉じられた厚い本。それが何であるか、私にはすぐわかった。

――罪の本だ。

「前任のジャッカロープは追及する気がなかったようだが、それはオマエの罪の本だ。それがはっきり言ってやるよ。オマエは看守であり――そして本当は囚人でもあった。それが真実だ、囚人『エス』」

「私が、囚人……？」

動揺を隠せない。私は今まで「お前は看守だ」と言われ続けてきた。その言葉を疑ったことは一度もなかった。常に断罪する側にいると思い込んでいた。

「オマエ、まだ記憶戻ってねえだろ？　なぜだかわかるか？　看守だから特別な処置をされてるってわけじゃねえ。単純に、そこの罪の本に記憶が封印されてんだよ」

「……」

ジャッカロープの言う通り、私は最後まで記憶を思い出せないままだった。

看守としての役割を果たすため、罪の本とは別の原理で記憶に鍵をかけられているのかと思っていたが、まさか囚人と同じ方法で記憶を封印されていたなんて。

「……でも、なぜ私は裁定の対象にならなかったの？」

「前任のジャッカロープはエスのものも含め、囚人全員の罪の本に目を通している。そしてヤツは独断でオマエを『赦す』としたんだ。だから罪の本をオマエに与えることはなかった」

「なら今、蒸し返すようなことをしている理由は？」

「オレ様はな、オマエは『赦されない』と思っている。前任のジャッカロープはオマエの本質を見抜けなかった。だからオレ様がエスに裁定を下す場を設けてやったってわけだ」

「だけどもう看守はいないよ」

「ああ、それについては心配しなくていいぜ。オレ様の提唱する美しいミルグラムを実現するため、試験的に新たな看守制度の導入テストをしてんだ。オマエに裁定を下す新しい看守は、今すでにこの様子を見ている。あくまで裁定は公平に下される。フラットに第三者の立場から罪を再定義する。それこそがミルグラムのあるべき形だからな。今回のミルグラムみたいな『失敗作』とは違うぜ」

「そう」

どうやら目の前にいるジャッカロープは、ミルグラムという制度自体に大きな理想を持っているようだ。制度、システム、そんなものはあくまで目的を果たす手段であって、大切なのは過程と結果のはずなのに。

そういう意味では、私はジャッカロープが『失敗作』と烙印《らくいん》を押した今回のミルグラムを否定しない。どんな形であれ、参加した囚人たちが何らかの心の整理をつけられたのだから。

だがこの監獄内でジャッカロープに反論したところで何の意味もないことはわかっている。だから私は静かに黙っていた。

「それじゃ始めるとするか」

「私も罪の本の内容をこの場で語るの？」

「いや、今回に限ってその必要はねえ。お前が取り戻した記憶は新たな看守にも自動的に共有される。オマエはただ記憶を思い出すだけでいい」

「わかった」

「さあ――罪の本、開きやがれ。囚人名『エス』。罪名【不干渉の罪】」

罪の本の拘束具が解除される。しかし、いつものように円卓にセットされることはない。ジャッカロープは続けて言った。

「罪の本は役目を終えた。囚人『エス』――湖上澄に記憶が戻る」

それと同時、頭にガツンと強い衝撃が走る。監獄で過ごしていた自分に、元の自分が上書きされるような、重なり合うような、そんな奇妙な感覚が数秒間、脳内をかき回して『私』は一つの人格に戻っていく。

鍵がかけられていた記憶が思い出されていく。

他愛のない学生生活の記憶。愛葉と一緒に笑い合った記憶。中学時代に奈希を連れて遊びに出かけた記憶。愛葉の家に泊まりに行った時、涼一郎さんが笑顔の形をしたハンバーグを振る舞ってくれた記憶。海原が高校の教室でクラスメイトたちに囲まれて楽しそうにしている記憶。氷森くんと屋上で青空を見上げた記憶。

……ああ、やっぱり私はみんなと知り合いだった。

そしてさらに思い出されていくのは、私が巻き込まれた事件の記憶。私がクラスの中で辛い思いをして、私が死ぬまでの――。

「………………」

「ふん、どうした？」

急に私の目つきがきつくなったことに目ざとく気づいたのか、ジャッカロープが訊ねてくる。

「全部、思い出したよ」

記憶に鍵をかけられていた時の私は、海原が一連の事件の元凶で、自分は完全な被害者で、氷森くんに見守られて悲劇的に死んだと思っていた。

だけど。

違う。起こった事実は変わらないが、過程がねじ曲がっている。私は誰にも聞こえないくらいの小さな声で愚痴る。

「……私は怖かった。だから何もしなかっただけ。それだけ、だったんだよ」

知っていた。海原が中学の頃からずっと、舐《な》め回《まわ》すような気持ちの悪い視線で私を見ていたことを。高校の教室で熾天使と名乗り、声高々に私を賞賛していたことを。

視線に関して言えば、気づかない方が難しかった。だから彼が告白してきた時はチャンスだと思った。全く認識していないフリをして強く拒絶し、諦めてもらおうと思ったのだ。それなのに、どういう理屈か海原の熱はより上がる一方だった。

張り紙で埋め尽くされた黒板を見た時、私は一発で海原の仕業だとわかった。中学生の頃、一つ後ろの席で偶然開かれていた海原のノートを見てしまったことがある。その隅に全く同じようなことが書かれていたのだ。ただただ恐怖だった。

……だけど、私は怖くて何もできなかった。不干渉を貫いてしまった。

知っていた。愛葉が私を裏切って、海原側についたことを。

二人があるタイミングから急接近したことは誰の目にも明らかだった。私は海原が熾天使だと気づいていたし、愛葉が海原を好きだという話はいつも聞かされていた。同時に、愛葉が私に話しかけてくることは極端に少なくなった。そして会話をする必要がある時は、彼女ははっきりとわかるほど罪悪感を顔に浮かべて、ペンダントを無意識に握るようになっていた。熾天使の正体を知っていて、しかし私の味方をする気がないことは明らかだった。

愛葉は元気で明るく、根っこの部分では悪いことができない性格だ。そのままの状態で放っておけば、彼女が精神を病んでいくことは明白だった。しかし、私は自分のことを簡単に裏切った愛葉に対して、強い恐怖を感じてしまった。

……私は怖くて何もできなかった。不干渉を貫いてしまった。

知っていた。奈希が私からのメッセージを待っていたことも、海原と接触したことも。後者については全くの予想外だった。奈希から一方的に送られてくるメッセージの中に、『してんし』と名乗る男子に助けてもらったという報告があった。その人物は私と同じ学校に通っているという情報も書かれていたため、『してんし』が海原と同一人物だと断定することができた。

奈希には私が必要だとわかっていたのに、熾天使やクラスの嫌がらせが始まり、彼女に対して気を遣う余裕がなくなってしまった。メッセージを送り返すことができなくなってしまった。不安定になった奈希がまた刃物を手に取ることはわかっていたのに。

私はそこでも不干渉を貫いた。

涼一郎さんの件については知らなかった……というよりも、知りようがなかった。その時にはすでに、私は死んでいたのだから。しかし愛葉のことを放っておかなければ、涼一郎さんが殺人犯になることはなかったと考えると、責任の一端は私にもある。

私が勇気を出して介入すれば、いくつかの悲劇を防ぐことができたかもしれない。でも、事態がさらにこじれることが怖くて、私は不干渉を貫き通した。

海原が熾天使だとすぐにバラせばよかったという人がいるかもしれない。だけど、あそこまでおかしな思想を持つ相手を表立って敵に回したら、どんな報復をされるかわからなかった。だから黙っていた。

裏切った愛葉としっかり話し合えば、目を覚ましてくれただろうか。とんでもない。私を裏切る決断をした人間と正面から向き合うことなんてできるわけがなかった。

奈希の話をずっと聞き続けてあげればよかったのだろうか。無理だ。私自身が限界の状態だったのに、他人を支えられるわけがない。

私は別に悪意があって彼らを陥れたわけじゃない。私はみんなが思っている以上に臆病者で、不完全な人間だったというだけの話だ。みんな私のことを誤解している。海原も、愛葉も、奈希も。他の全ての人も。

何に対しても怯え、怖がるだけのただの小物だったのだ、私は。

けれど、それでは人間関係は上手くいかない。人間関係が上手くいかなければ、新たな問題が発生するかもしれない。

だから私はみんなが自分を見ている時だけ、完璧に振る舞うように努力した。これが意外と不可能ではないのだ。常に完璧な人間でいることに比べたら、ある一定の時間だけ演技することはずいぶんと楽だった。

みんなが私のことを、誰かと接する時だけ凛とした態度を取る不思議な人間だと思っていたのは当然だ。全ては演技、わざと周囲の目に魅力的に映るよう、振る舞っていたのだから。

しかし、根はただの臆病者だ。だからこそ、私は不干渉の立場を取るしかなかった。そのせいで、勇気を出せば止められたはずの問題が次々に起こり、それはクラスメイトたちからの直接的な嫌がらせという最悪の形で自分に返ってきた。

そうして屋上に逃げた私は氷森くんと出会った。その出会いは私にとっては大切なものだったけれど、結局、彼にも大きな重荷を背負わせてしまった。

情けない私のせいで、事件と罪は全て連鎖し、多くの人たちがヒトゴロシになった。

熾天使を作り出した海原さえも止められる立場にいたことを思うと、この事件を引き起こした本当の元凶は私だと捉えることもできる。

「不干渉の罪、か。確かにそうかもね。私は事態を悪化させたくなくて、何もかも見ていないフリをして、最終的に自分や周囲の人間を死に追いやった。ヒトゴロシと呼ばれても仕方ないのかも」

私がいなければ、事件は一つも起きなかった。もしくはみんなと積極的に関わり、話し合い、相手を知ることができれば、こんな惨劇が起こることはなかったのかもしれない。何かが一つ違えば、みんなで楽しく暮らせる未来もあったのかもしれない。

そんなことを考えて、私はあることに気づいた。

他人と積極的に関わり、話し合い、相手を知ること。それはこの監獄でおこなってきたことだった。現実でも同じように振る舞えていれば、あの初日の温かい食卓のような、幸せな関係が築けたかもしれない。

「私は実際何もしていない。本当に何にもしなかったせいで、動かなかったせいで、結局、みんな不幸になった。私は【不干渉の罪】を認めるよ。さあ、新しい看守を呼んできて。最後の裁定を始めましょ――」

「――違うな」

全てを終わらせようとする私の言葉を、ジャッカロープは鋭く遮った。

「確かに罪の本には、不干渉を貫いたオマエについてしか書かれていない。心の動きまでもその筋書き通りになっている。だから前任のジャッカロープは騙された。『何もしなかったことは罪かもしれないけれど、粛清を与えるほどじゃない』ってな」

「……何が言いたいの？」

「オレ様は思うんだ。エス、オマエは罪の本でも追えない深層心理の部分で、別のことを考えていたんじゃねえのかってな。……オレ様は本来こういう干渉を好まない。だが、お前みたいなイカれた奴を相手するには、少しの補足が必要だろう。まあ、将来的にはオマエみたいな人間の中身もミルグラムの機能で拾えるようにしなきゃならねえがな」

「……御託はいいよ。ジャッカロープ、もう一度言う。あなたは何を言いたいの？」

ジャッカロープは大きくため息をつき、私を正面から見据えて話し始めた。

「まずはナーバスの件。オマエ、最初からアイツのことを心配したことなんてなかったんじゃねえか？　ナーバスが持っている刃物が自分に向けられないように立ち回っていただけで、そしたら懐かれちまった。邪険にしたら刺される可能性を考慮して、中学の間や高校の初期はいやいやナーバスの相手をしていただけだ。高校三年になったオマエはタイミングを見て、ナーバスとのうんざりする関係を解消しようとした」

「……」

「次にクロースの件。オマエ、自分を裏切ったクロースのことを心底憎んでたんじゃねえか？　もしくは恋心に溺れたアイツのことをひどく軽蔑していたか。だからクロースが性格的に罪悪感でおかしくなることを知っていて、オマエはあえて放っておいた。裏切り者と和解するのが怖かったんじゃねえ。ただの復讐《ふくしゅう》だ」

「………」

「そしてツーサイドの件。……オマエ、別に熾天使なんて怖くなかったんじゃねえか？

本当に恐怖を感じていたら、すぐに誰かに相談するのが普通だろ。報復が怖かったとしても、対処の方法はいくらでもある。だがオマエは放置した。そして教室の空気が悪くなって条件が揃ったと感じたオマエは、わざとクラスメイトたちの憎悪が自分に集まるように女子生徒と口論を引き起こした。普段使わないようなキツい言葉まで使ってな。そしてクラスメイトたちの嫌がらせを一身に受け、ツーサイドとクロースにまとめて強烈な罪悪感を植えつけた」

「…………」

「だが誤算があった。オマエの想定以上にクラスメイトたちの嫌がらせは激化した。だから屋上に逃げて、そこで出会ったトーチと仲良くなっておいた。屋上にクラスメイトたちが来た時に守ってもらえるように」

「…………」

「階段からの転落はオマエにとって完全に計算外だった。死を悟ったお前は、自分の死体をネットに晒されることだけは避けたいと思った。だからトーチを使い、警察や救急隊が来るまで自分を守らせた。トーチがその後、大きな葛藤を抱えることに気づいていながら」

ジャッカロープは言いたいことを全て言い終えたようだった。パノプティコンが静まり返る。

「——で、その証拠ってあるの？」

私の質問にジャッカロープは黙り込む。私たちはお互いのことを冷たい表情で睨みつけていた。

「証拠、ないんだよね？　じゃあ今のは全部、あなたの妄想ってことだね」

「オレ様は裁定を下す前に、新しい看守にその可能性を伝える必要があると感じた。だから補足したまでだ」

「うんうん、そうだよね。でも、私はそれを否定するよ。——今のは全部、あなたの妄想に過ぎない」


——そして、私は薄く笑った。


それは、指摘を肯定しているようにも見え、荒唐無稽な妄想をバカにしているようにも見え、ようやく実験が終わることに安堵しているようにも見え、心の奥底まで見抜いたことを賞賛するようにも見え、デタラメなことを言うジャッカロープに呆れているようにも見えただろう。

「……オレ様が指摘すべきことは全て指摘した。あとは新しい看守に任せよう」

私の笑みを見たジャッカは大きく顔をしかめると、それからくるりと背中を向けた。

彼はここにはいない誰かに向かって呼びかける。

「さあ、新しい看守。全てはオマエの判断に任せる」

「あ？　オマエだよ、オマエ。この罪の本を直接読んでいる、そこのオマエだ」

「もう知っていると思うが、この監獄ミルグラムにおいて、看守がどのような判断基準に基づいて囚人に裁定を下すかは自由だ。法律、感性、常識、倫理、道徳、本能。いずれを基準にしても構わない」

「さて、ここまでこの本を読んできたオマエはどう感じた？　ここにいる囚人、湖上澄はただの臆病者か、それとも意図的に不干渉を貫いた化け物か」

「そろそろ時間だ。結論は固まったか？　……よし、それじゃあ裁定を下せ」

「オマエは、囚人エスを『赦す』？　それとも――『赦さない』？」

＜初出＞

本書は書き下ろしです。

この物語はフィクションです。実在の人物・団体等とは一切関係ありません。

メディアワークス文庫

MILGRAM《ミルグラム》
実験監獄《じっけんかんごく》と看守《かんしゅ》の少女《しょうじょ》

波摘《なみつみ》
原案：DECO*27《デコニーナ》／山中拓也《やまなかたくや》

2022年3月25日　初版発行

発行者　青柳昌行
発行　株式会社KADOKAWA
〒102-8177　東京都千代田区富士見2-13-3
0570-002-301（ナビダイヤル）
装丁者　渡辺宏一（有限会社ニイナナニイゴオ）
印刷　株式会社暁印刷
製本　株式会社暁印刷

●お問い合わせ
https://www.kadokawa.co.jp/（「お問い合わせ」へお進みください）
※内容によっては、お答えできない場合があります。
※サポートは日本国内のみとさせていただきます。
※Japanese text only

※定価はカバーに表示してあります。

Printed in Japan
ISBN978-4-04-914272-3 C0193

メディアワークス文庫　https://mwbunko.com/

本書に対するご意見、ご感想をお寄せください。

あて先
〒102-8177　東京都千代田区富士見2-13-3
メディアワークス文庫編集部
「波摘先生」係

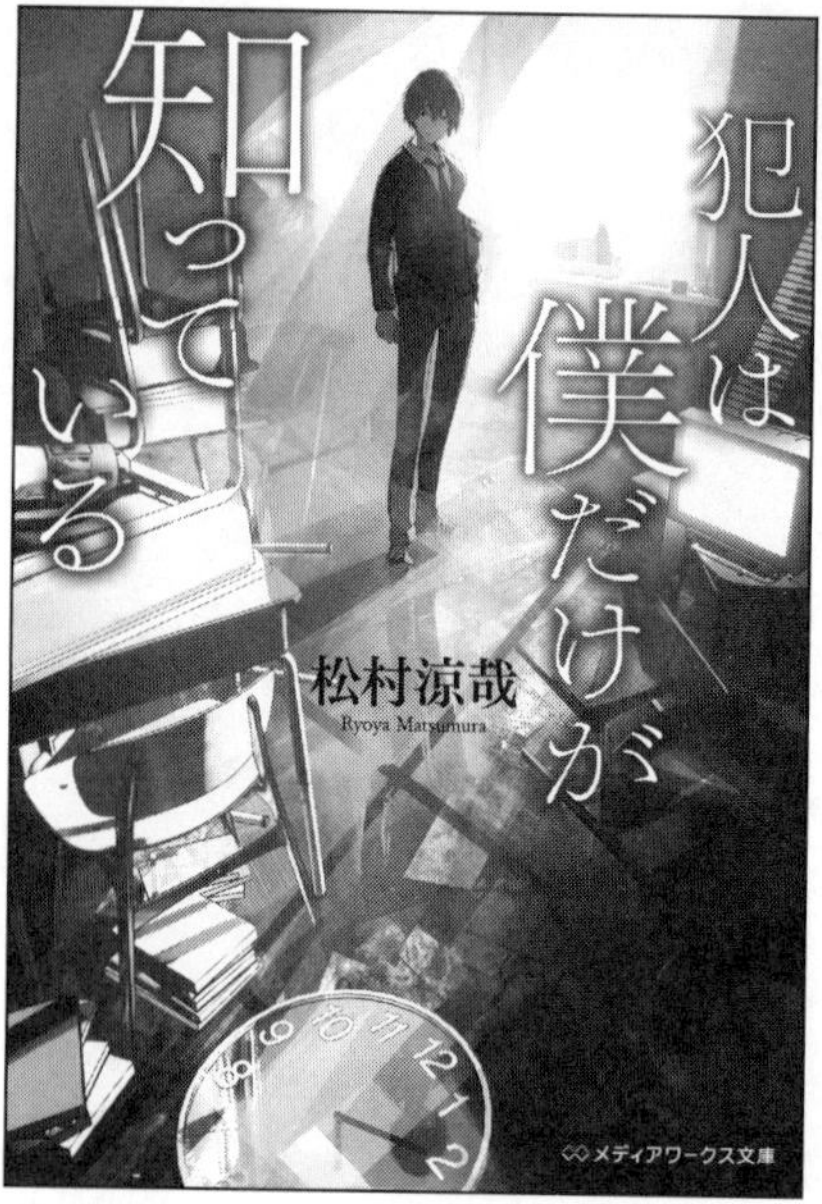

犯人は僕だけが知っている

松村涼哉

クラスメイトが消えた。壊れかけた世界でおきる、謎の連続失踪事件——。

過疎化する町にある高校の教室で、一人の生徒が消えた。最初は家出と思われたが、失踪者は次々に増え、学校は騒然とする。だけど——僕だけは知っている。姿を消した三人が生きていることを。

それぞれの事情から逃げてきた三人は、僕の部屋でつかの間の休息を得て、日常に戻るはずだった。だが、「四人目」の失踪者が死体で発見されたことで、事態は急変する——僕らは誰かに狙われているのか？

壊れかけた世界で始まる犯人探し。大きなうねりが、後戻りできない僕らをのみこんでゆく。

発売直後から反響を呼び大重版が続き15万部を突破した『１５歳のテロリスト』の松村涼哉がおくる、慟哭の衝撃ミステリー最新作！

夏の終わりに君が死ねば完璧だったから

斜線堂有紀

最愛の人の死には三億円の価値がある——。
壮絶で切ない最後の夏が始まる。

　片田舎に暮らす少年・江都日向（えとひなた）は劣悪な家庭環境のせいで将来に希望を抱けずにいた。

　そんな彼の前に現れたのは身体が金塊に変わる致死の病「金塊病」を患う女子大生・都村弥子（つむらやこ）だった。彼女は死後三億で売れる『自分』の相続を突如彼に持ち掛ける。

　相続の条件として提示されたチェッカーという古い盤上ゲームを通じ、二人の距離は徐々に縮まっていく。しかし、彼女の死に紐づく大金が二人の運命を狂わせる——。

　壁に描かれた52Hzの鯨、チェッカーに込めた祈り、互いに抱えていた秘密が解かれるそのとき、二人が選ぶ『正解』とは？

メディアワークス文庫

私が大好きな小説家を殺すまで

斜線堂有紀

十数万字の完全犯罪。
その全てが愛だった。

突如失踪した人気小説家・遥川悠真（はるかわゆうま）。その背景には、彼が今まで誰にも明かさなかった少女の存在があった。
遥川悠真の小説を愛する少女・幕居梓（まくいあずさ）は、偶然彼に命を救われたことから奇妙な共生関係を結ぶことになる。しかし、遥川が小説を書けなくなったことで事態は一変する。梓は遥川を救う為に彼のゴーストライターになることを決意するが——。才能を失った天才小説家と彼を救いたかった少女、そして迎える衝撃のラスト！　なぜ梓は最愛の小説家を殺さなければならなかったのか？

メディアワークス文庫

どうか、彼女が死にますように

喜友名トト

**これは、世界一感動的な、
僕が人殺しになるまでの物語。**

とある事情により、本心を隠して周囲の人気者を演じていた大学生の夏希。

その彼に容赦ない言葉を投げたのは、常に無表情で笑顔を見せない少女、更紗だった。

夏希は更紗に興味を持ち、なんとか笑わせようとする中、次第に彼女に惹かれていく。

だが、彼女が“笑えない”ことには理由があった――

「私、笑ったら死ぬの」

明かされる残酷な真実の前に、夏希が出した答えとは？

想像を超える結末は、読む人すべての胸を熱くする。

世界一ブルーなグッドエンドを君に

喜友名トト

『どうか、彼女が死にますように』著者・最新作！

天才サーファーとして将来を嘱望されつつも、怪我により道を断たれてしまった湊。

そんな彼のスマホに宿ったのは見知らぬ不思議な女の子、すずの魂だった。

実体を持たず、画面の中にのみ存在するすずは言う。

「私は大好きな湊くんを立ち直らせるためにやってきたの」

それから始まる二人の奇妙な共同生活。やがて明らかになるすずの真実は、湊を絶望させる。だが、それでも——。

広がる海と空。きらめくような青。これは出会うはずのない二人が紡ぐ、奇跡の物語。